오늘

어린이가

내게

물었다

오늘 어린이가 내게 물었다

산문집 김소형

어른을 자라게 하는
질문과 대답의
시간

북노마드

2부. 코로나 이후 After Corona

3부. 단계적 일상 회복 Living With Corona

아이들을 가르치는 삶

아이들을 가르치며 살고 있다. 처음에는 우연히 도서관과 초등학교 등에서 초대받아 아이들을 만났지만, 시간이 흐르고 돌아보니 학원에서 아이들을 가르치고 있었다.

사교육 현장에서는 수많은 아이들의 단면을 볼 수가 있다(나는 중소기업형 학원 강사다. 외국에도 이런 사교육 현장이 한국만큼 조성되어 있는지 문득 궁금하다). 그곳에서 이 시대의 아이들을 보면서 생각한다. 아이들과 부모와 선생의 고민이 모이면 어떤 질문이 나올 수 있을까?

- 발표 꼭 해야 해요?
- 펜으로 써도 돼요?

- 숙제 면제권 쓸게요(작은 목소리).

부모들의 고민도 비슷하다.

- 책을 읽을 시간이 없어요.
- 글이 얼마나 중요한데.
- 이해는 잘하나요?

선생들의 고민도 비슷하다. 우리의 선은 어디에 그어져 있나. 널찍한 운동장을 바라보는 기분이다. 선생은 심판이 되었다가 깍두기가 되었다가 운동장을 뛰어다니며 오른발로 직직 선을 긋는 깽깽이 학생이 되기도 한다.

이것은 고민에 대한 이야기가 아니다. 그런 고민 속에서 솟아난 질문에 대한 이야기다. 내가 아이들과 겪었던 웃기고도 슬프고 때로는 우당탕 무너져 내린 파편들이다. 나는 아이들에게서 많은 것을 배웠고 가르쳤고 웃었다. 일터의 일을 기록한다는 것은 쉽지 않지만, 아이와 부모와 선생의 이해가 묶여 있는 이 매듭을 모두에게 건네고 싶었다.

글에 등장하는 어린 친구들은 모두 가명 처리하였다. 이름을 적지 않아도 그들은 알아볼 것이다. 하나의 일터에서만 벌어진 일은 아니라는 점도 밝혀둔다. 여러 아이를 가르치며 생긴 일을 적었기 때문에 8년간의 내용이 섞여 있다.

처음에는 더 멀리서 쓰고 싶었다. 아이들을 조금 더 객관적으로 바라볼 수 있을 때에, 업무에 시달리는 나와도 충분히 멀어졌을 때에 내가 보낸 시간을 돌아보며 이야기하고 싶었다. 그러나 어떤 이야기는 지금 여기서 많은 것들이 움직이는 순간 쓰는 게 중요하다고 믿게 되었다. 아이들이 쉬지 않고 뛰어다니는 일이, 끝없이 질문하는 일이 그 시기에만 가능하듯이.

그리고 이런 질문 속에서 아이들은 성장한다.

내 생애 최고의 작가수업 선생님

※ 이 편지는 절대! 버리지 마세요!

작가수업 선생님!

안녕하세요~ 저 정현이에요.
몇달 동안 저를 지도해주시고,
가르쳐주시고 사랑해 주셔서
감사하고 고맙습니다.
선생님께 감사해서 초콜
릿을 드려요. 빼빼로 day
라고 실망하시는 건 아니죠?
정말 감사합니다.
            2014년 11.11 빼빼로day
강정현 올림

11

1부

코로나

이전

Before
Corona

초대장
//////////////////////////

저희 동네는 서울시 양천구 목동입니다. 우리 동네에
오시려면 지하철 5호선을 타시면 돼요. 오목교역에
내리신 다음 버스를 갈아타야 하는데 버스 정류장을
찾기 힘드니까 제가 지하철역 앞까지 모시러 갈게요.
선생님께서는 오목교역 1번 출구에 나와 계세요.

오후 6시쯤에 만나면 되겠지요?

우리는 만나서 양천도서관 옆에 있는 파리공원에
갈 거예요. 노을이 정말 멋있거든요. 오후 7시쯤에
주황빛이 맴도는 입이 딱 벌어질 정도로 멋진 노을을
볼 수 있을 거예요.

─ 9세, 여

***

저희 동네 서울시 목동 9단지 나폴레옹은
양천문화회관 반대편에 있습니다. 제가 거기에서
가장 좋아하는 빵은 코코넛볼입니다. 여기는 아주
오래되었고 유명한 빵집이기 때문에 멋진 곳입니다.
먹기만 해서 실망스럽다면 나폴레옹 빵집에서 큰길을
따라 쭉 가시면 되는데 양천문화원과 양천구보건소,
우리은행을 지나서 차도를 건너 쭉 가시면
양천공원입니다. 부모님들이 주로 앉아 계시는 곳에서
방금 산 빵을 드시면 됩니다.

밤이 되면 배처럼 생긴 놀이터가 반짝여서 예뻐 보일
것입니다.

잔디공원을 한 바퀴 산책하고 헤어지면 됩니다.

— 9세, 남

예쓰, 예쓰, 티처

- 선생이라는 게 얼마나 고약한 일인 줄 아십니까. 애들이
  예뻐요. 그들이 주는 기쁨과 샘솟는 감정은 어디에서도
  찾을 수 없을 겁니다. 당장 때려치우고 싶다가도 아,
  이게 문제라는 거죠.

이 글은 저의 일지입니다. 등장하는 대부분의 어린이는
열 살 언저리의 친구들로 이루어져 있습니다. 학부모님의 연
락은 지극히 사양합니다.

눈술

///////////

아이들이란 무엇인가. 인간의 형상을 하고 아직 사람은 되지 않은 존재에 대해 골똘히 생각한다. 어린 친구들은 알 아들을 수 없는 말을 아무렇지 않게 하고서는 쉽게 잊는다. 처음 사람에 대한 관심이 생긴 것도 이들을 통해서였고 관심이 멀어진 것도 이들을 통해서였다. 여러분들은 이들과 반나절만 있어도 곧 이렇게 외치리라.

　- 애들은 도대체 왜 이러지?

책상에는 아이가 두고 간 펜이 놓여 있다. 그들은 지우개, 우산, 외투, 끈 등 가리지 않고 물건을 잃어버린다. 자신의 사물에 대한 관심은 지극히 적지만 타인이 두고 간 물건에 대한 관심은 지대하다.

‒ 선생님, 이거 가져도 돼요?

　나는 보지 않아도 알기 때문에 안 된다고 말한다. "아, 이거 프린들인데." 그가 외쳤고 나는 프린들을 자리에 놓으라고 말하고는 잊는다.

　프린들은 펜의 종류이거나 브랜드 이름이 아니다. 프린들은 앤드루 클레먼츠가 쓴 동화 『프린들 주세요』에 나오는 단어다. 이 동화는 별난 아이디어 내기를 좋아하는 말썽꾸러기 닉이 '펜'이라는 단어 대신에 '프린들'이라는 단어를 사용하기 시작하면서 벌어지는 이야기를 담고 있다.

　클레먼츠는 학교에서 어떤 소년이 단어가 어떻게 생기는지 질문했을 때, 이 이야기를 떠올렸다고 한다. 나는 이 일화를 들었을 때 저자의 즐거운 상상력에 대한 관심보다는 동서고금을 막론하고 질문하기 위해 말하는 아이들의 얼굴이 선명하게 떠올랐다.

　이 동화는 펜이라는 단어가 깃털을 가리키는 라틴어 '피나'에서 유래되었다는 걸 알려주기도 하지만, 오직 프린들이라는 단어만 기억하는 아이들에게는 이것이 실화인지가 가장 중요하다. 아직 허구라는 걸 쉽게 이해하지 못하는 나이니까.

이제 나는 열 살짜리 친구들에게 새로운 단어를 만들어보라고 실습시킨다.

- 창조성, 사회성, 역사성을 담아볼 것.

그들은 쉽게 받아들이고 빠르게 '눈술'이라고 적는다. 프린들에 대적할 만한 단어라고 코 평수를 넓힌다. 눈술은 바로 '눈 감고 술래잡기'의 줄임말인데, 여기는 논술을 배우는 곳이니 어울린다는 점에서 창의성 1포인트, 이 강의실에 있는 세 친구가 합의한 단어이므로 사회성도 갖춰서 2포인트, 언어는 만들어졌다가 소멸하는 것인데 그들은 셋이서 십 년 정도 이 단어를 쓰다가 다 잊기로 약속했으므로 3포인트 획득이라고 스스로 점수도 정한다.

새로운 친구가 들어오면? 이 말의 규칙을 알려주고 주의사항도 말해주면 된다고 덧붙였다.

- 이건 십 년만 써야 해. 그리고 사라질 거야. 동의하니?

쉬는 시간이면 그들은 눈술을 한다. "저 반은 애들이 참 맑네요?" 이 말은 강의실이 시끄럽다는 뜻이다. 나는 멋쩍은 표정으로 쉿, 하며 손짓하지만 그들의 놀이를 방해하지는 않는다. 한 명은 눈을 감고 나머지는 강의실의 책상과 의자 사이에 숨거나 따개비처럼 붙어 있다. 와, 하고 소리 지르다가 웃는 소리. 그들의 웃음은 정말이지 시끄럽고 청량하다. 이런 걸 관찰하는 어른의 삶이라면 썩 나쁘지 않다고도 잠시 생각한다. 이걸 기록한다면, 그들도 모르게 이 단어가 십 년을 살아남는다면?

그들이 사라질 말이라고 꼽은 1순위를 들으면 우리의 시대가 얼마나 다른지 알 수 있을 것이다. 여기에서만 살짝 공개하고자 한다.

- 네! 네! 선생님.
네! 네! 선생님.

그들이 합창하듯이 정확한 박자로 구령을 외친다. 유치원 때 아이들을 교육시키는 기본 문장이라고 한다. 왜 사라질 말이냐고 옆 친구가 물으니까 그걸 1순위로 뽑은 친구가 한숨을 쉬면서 대답해준다.

- 이제 애들 영유* 다니잖아.

그 말을 들은 친구도 골똘히 생각하다가 대답한다. 그럼 이제 요즘 애들은 예쓰, 예쓰, 티처라고 말하나?

나는 근미래의 언어를 기록하는 자가 된 셈이다.

★ 영어 유치원의 줄임말.

"저 반은 애들이 참 맑네요?"

이 말은 강의실이 시끄럽다는 뜻이다.

나는 멋쩍은 표정으로 쉿, 하며 손짓하지만

그들의 놀이를 방해하지는 않는다.

그들의 웃음은 정말이지 시끄럽고 청량하다.

이런 걸 관찰하는 어른의 삶이라면

썩 나쁘지 않다고도 잠시 생각한다.

이걸 기록한다면, 그들도 모르게 이 단어가

십 년을 살아남는다면?

그들이 사라질 말이라고 꼽은 1순위를 들으면

우리의 시대가 얼마나 다른지 알 수 있을 것이다.

I have a dream

- I have a dream that my four little children will one
  day live in a nation where they will not be judged
  by the color of their skin, but by the content of their
  character.

마틴 루터 킹의 연설문을 어린 친구들과 읽었다. 인권과
비폭력주의와 인종 차별에 대해 설명하자 아이들은 조지 플
로이드 사건*을 꺼냈고 현재 논쟁이 되는 사례를 줄줄이 나
열했다. 이런 친구들을 보면 미래가 지나치게 밝은 건 아닌
지 싶다.

- 너희는 어때? 개인의 꿈도 좋고, 사회나 인류를
  생각하는 것도 좋겠지?

그 후 적혀 있는 꿈은 이와 같다.

- 교촌치킨의 허니 콤보와 매운 콤보가 반반으로
  나왔으면 좋겠다.
- 전복이 없었으면 좋겠다(많이 먹으면 헛구역질이 남).
- 거북이가 멸종이 안 되면 좋겠다.

지나치게 밝은 미래들은 신나게 꿈을 적고 다음 연설문을 읽을 사람을 뽑는다. 가장 쉬운 방법은 가위바위보. 그때 궁금증이 생긴 한 친구가 내게 질문하려 하자 누군가 "입 닫아"라고 소리 지르며 빠르게 가위를 내고 있다.

★　2020년 5월 25일 미국 미네소타 미니애폴리스에서 백인 경찰 데릭 쇼빈의 과잉진압으로 비무장 상태의 흑인 남성 조지 플로이드가 사망한 사건.

우리 죽음에 대해 이야기하자

– 선생님, 우리는 장례식에 왜 못 가요?

아이는 축구화 끈을 야무지게 묶으며 묻는다.

– 왜 못 갈까?

몇몇 아이들은 눈치를 보다가 "저희가 뛰어다니고 시끄러우니까요?"라고 대답했다. 그들은 알 만큼 안다. 눈치를 보면서 또 얼마나 잘 뛰어다녔을지 가늠이 되는 대목이다. 자기객관화가 시작된 모양이지만 너희의 액운을 면하기 위한 관습이라는 건 이해할까.

– 호상好喪이라면 갈 수 있어. 잔치 같은 분위기일 수도

있고.

그러자 한 아이가 "저 가본 적 있어요!"라고 대답했다. 그는 증조할머니에 대한 이야기를 느릿하게 꺼냈다.

- 증조할머니는 나이가 많으셨는데요, 치매가 있으셨어요. 다른 가족들은 다 못 알아보는데 저랑 아빠는 알아봤고요.

아이들은 모두 집중하고 들었다.

- 아이는 저 혼자였어요. 방금 생각난 걸 보니 묘하네요.

아이의 묘하다는 표현은 어떻게 해석할까. 주변 아이들이 공감을 하는 '묘하다'에서 나는 서로가 어떤 언어를 쓰고 있는지 짐작해볼 뿐이었다.

며칠 전에 읽은 『우리 함께 죽음을 이야기하자』가 떠오른 건 우연이 아닐 테다. 저자 게어트루트 엔눌라트는 어린 시절에 실제로 남동생의 사고와 부모의 자살을 겪었다. 그가 아이들을 대상으로 죽음에 대한 어떤 질문과 답을 하면 좋을지 고심한 흔적이 담겨 있는 책이다. 훗날 도움이 될까 싶어 뒤적여봤지만 동서양의 문화적 차이를 구분 짓기 어려웠고 애초에 이야기를 꺼내기가 만만치 않았다.

주변의 죽음을 겪은 아이가 느낄 상실감. 상실감에 대비하는 어른의 자세. 나는 아직 말을 해줄 여력이나 들을 준비가 되지 않았지만 작은 손은 가볍게 죽음을 던진다. 캐치볼이라도 하는 듯 다양한 글러브로 쉽게 받아낸다. 강의실에서 자신이 어떤 말을 하는지 알고는 있을지.

- 장자는 아내가 죽었을 때 울다가 죽음은 자연스러운 거라 생각해 질그릇을 두드리며 노래했대.

그러자 몇몇 아이들이 반응한다.

- 그건 사이코패스잖아요.
- 생각해보자. 죽음은 자연스러운 거야 아니야? 죽음을 막을 수 있어, 없어?
- 못 막죠.
- 장자는 그것이 자연스러운 흐름이라고 생각한 거지.

그러니까 슬퍼할 이유가 없었던 거야.

나는 장자를 배운 아이들에게 이런 말을 종종 꺼낸다. 슬프지만 그럼에도 우리의 후손이 있고, 다시 이후의 인류가 있고, 이것을 아이들이 이해할지는 모르겠지만, 그럼에도 그것을 조금은 알았다는 듯 표정을 짓는 얼굴들이 조심스럽게 입을 뗀다.

 – 선생님, 그런데 하남집은 좋아하세요?

하남집은 어떤 연관이 있는 것인지 고심하자 옆 친구들이 "아, 하남 돼지고깃집 말하는 거예요. 거기 유명해요"라고 떠들었다. "저는 거길 좋아하는데 엄마는 안 좋아해요." 그는 재빠르게 죽음을 잊었고 친구들은 "슬프겠네"라고 대답해주고는 자신이 먹은 점심 메뉴를 자랑했다.
교실에는 "아, 배고프다. 거기 명이나물 맛있는데"라는 말이 오가고 있었고, 나는 그제야 하루 종일 한 끼도 먹지 못했다는 사실을 깨달았다.

자네, 유령을 아나?

일터에서는 주기적인 시험이 있다. 상담이 있고 책상에 쌓인 80여 권의 첨삭 노트가 있다. 정신을 차려보니 혼연일체. 나는 잡무가 되어 있다. 교무실에서 아이들의 공책을 뒤적인다. 부모는 알아볼 수 없는 글씨이지만 나는 안다. 아이들의 글자를 오래 들여다보면 저절로 열리는 세계가 있는 법이다.

첨삭 자체는 어렵지 않으나 지루한 일에 속한다. 가끔 웃기고 가끔 영특한 글을 읽는 재미는 있다. 열 권의 노트를 빠르게 해치우고 다음 공책을 펼쳤다. 강상준의 글은 언제나 긴장감을 준다. 그는 보란 듯이 김소형에게, 라고 적은 숙제를 제출했다. 그가 열두 살이라는 사실을 잊지 말자.

- 김소형에게.
  나는 상준이야. 자네 유령을 아나?

아이들의 화법은 종종 이상하다. ~했습니다, 하다가 바로 했다, 로 변하는 귀찮음. 선생님, 제가 그랬다요? 꼭 요를 붙여야 한다고 생각하는 존대 화법.

  - 제 동생은 저한테 이게 제 형이에요. 말해요.

예측을 뛰어넘는 혼란. 다만 그들이 잊지 않는 게 있다면 자신의 이름을 소개하는 것이다. 그건 결코 빠뜨리지 않는다. 아무튼 유령이라. 나는 유령이라는 단어를 안다. 단어 뒤에는 아무것도 없다. 아무것도 떠오르지 않는다.

  - 니가 요즘 심심하지? 최근에 내가 책을 하나 읽었어.
  켄터빌 저택에서 유령이 등장하는 이야기야.

최근에 오스카 와일드의 작품을 다뤘었다. 그들은 『캔터빌의 유령』 외에도 『행복한 왕자』를 읽었지만 제목은 기억하지 못했다. "동상에서 사파이어 뽑아갔어. 제비가 날아갔어."

이렇게 설명하자 그들은 그제야 알아들었다. 아이들에게 저자의 이름이나 책의 제목은 중요하지 않다.

상준은 캔터빌 저택의 유령이 사라졌다지만, 여전히 다른 차원에서 죄를 짊어지고 다니는 존재가 있다고 주장했다. 그들은 1차원과 4차원까지 계단을 이용하듯이 넘나드는데 사라진 존재만이 할 수 있는 독특한 등장 방식이라고 덧붙였다.

그의 글을 교열하지 않고 그대로 옮겨 적겠다.

 – 유령은 사람들이 무서워하는 것이 제일 기쁜데 그렇지
   않으면 어떻게겠어? 내입장에서는 다른 방법으로
   더 무섭게 할거야. 온갖 전기를 끊어버린다던가,
   물어뜯으러 다닌다던가, 아니면 놀라운 모습으로
   나타나서는…….

그는 자신이 본 유령*의 모습을 그림으로 첨부한다고 했다. 믿기지 않을 테니까.

  그들의 서사는 알 수 없지만 그들의 이야기는 믿을 수
있다. 저절로 만들어지는 유령도 있는 법이다.

  나는 밑에다가 굳Good, 이라는 단어를 적어주고 빠르게
첨삭을 마쳤다.

  ★   계단 유령: 계룡이.

교무실에서 아이들의 공책을 뒤적인다.

부모는 알아볼 수 없는 글씨이지만 나는 안다.

아이들의 글자를 오래 들여다보면

저절로 열리는 세계가 있는 법이다.

그들의 서사는 알 수 없지만

그들의 이야기는 믿을 수 있다.

계룡이

/////////////////////

계룡이의 탄생

PLA^{Polylactic acid} 필라멘트

3D 프린터 제작

2시간 15분 소요

강상준 작품

인어의 뼈

왜 이 아이들은 고전 동화를 모를까?

　- 대부분 외국에서 살다 와서 그런 거 아닐까요?

　직장 동료가 말했다. 그런 아이들을 두고 고전을 패러디한 작품을 논하자니 영 껄끄러웠다. 영유를 다녔든 외국 학교를 다녔든 알고는 있어야 바뀐 걸 찾아낼 수 있지 않나. 분명 아이는 『심청전』을 안다고 했다.

　- 옛날 옛적에 심청이가 살았는데, 효녀라서요. 아버지가
　　앞을 못 보니까 눈 뜨게 하겠다고 쌀 삼백 석이랑
　　목숨을 바꿔서 바다에 빠져요.
　- 그래. 계속 말해볼래?

- 바다에 빠져서 용왕을 만나는데요. 용왕이 병이 있어 간을 구해오면 아버지 눈을 뜨게 해준다는 거예요.

나는 음, 하며 고개를 끄덕였다.

- 그래서 토끼를 만나러 다시 육지로 가는데요.
- 진원아. 혹시 자라 등장하니?
- 네? 맞아요.

나는 『별주부전』의 결말과 이본에 실린 몇몇 이야기를 들려줬다. 그는 얼굴이 붉어졌다. 『심청전』과 『별주부전』의 간을 엮어 새로운 서사를 만들다니 '아주 창의력이 뛰어나구나' 넘겼을지도 모를 일이다. 그래서 확인 작업이 필요하다. 그는 패러디가 아니라 진심이었다! 그렇다면 서양의 동화로 가자. 인어공주는 알지 않을까?

- 선생님, 저 정말 인어공주 내용을 모르는데요.

이 한마디에 애들은 너도나도 할 것 없이 그를 머저리 취급했다. 애들은 저마다 쫑알대며 "책을 읽어." "너 금붕어

냐?" 무해하면서도 순수하게 공격적인 표정으로 쳐다보았다.

나는 알고 있다는 이들의 말도 믿지 않는다.

– 인어공주는 보기 드문 새드 엔딩인데, 알고 있니?

그들은 일제히 외쳤다.

– 죽어요?

도대체 뭔 내용을 알고 있는지 예상이 가능하다. 어릴
때부터 월트 디즈니를 본 세대인 거다. 그들은 시간이 흘러
서야 인어공주가 물거품이 된다는 사실을 알게 된다.

톨스토이를 말할 때 "토이 스토리요?"라고 묻는 세대인
것이다. 세계적인 거장보다도 그들에게 더 중요하고 유명한
것은 〈토이 스토리〉라는 점을 이해는 한다. 다시 줄거리를 이
야기해줬다.

– 옛날 아주 옛날에, 그래. 너희가 태어나기도 전에.
    인어공주가 살고 있었어. 그는 우연히 왕자를 보게 돼.
– 선생님, 옆에 하인한테 반하면 어떻게 돼요?

- 다행히도 왕자는 근사했고, 그가 탄 배가 난파되어
  인어공주가 구해주게 된 거야.
- 근데 좀 이상한 게 왕자들은 물에 빠지면
  허우적대지도 않고 왜 바로 기절해서 둥둥 떠요?

이 말에 몇몇은 한심하다는 듯 "생존 수영을 못 배웠나
보지"라고 떠들었다.

- 그를 구한 뒤 얼굴을 보고 있는데 갑자기 기척이
  들리지 뭐야. 그래서 숨어서 봐. 낯선 공주가 왕자를
  발견한 거야. 왕자는 그 공주가 자신을 구했다고
  생각하지.
- 와. 속인 거 아니에요? 왕자, 조금 모자란가.
- 이웃 나라 공주도 그리 생각했을 수 있지.

내가 한마디씩 할 때마다 아이들은 질문을 멈추지 않
았다.

- 인어공주는 말을 못 하면 읍, 읍, 하면서 몸을 쓰면 되지.
  답답해.

– 아니, 언니들이 칼을 구해다 줬잖아요. 머리카락과
　바꿔서 기껏 구해왔는데 왜 못 찔러요.
– 선생님, 저는요. 그 칼로 왕자를 백 번도 더 찌를 거예요.

　아이들의 질문은 끝이 없었다. 나는 지금 알고 있는 인
어공주의 이야기가 맞긴 한지 의심스러워졌다. 너무 오래전
에 읽고 본 내용이다. 그들은 상온에서 물거품이 되는지, 아
니면 물속에서 공기 방울의 형태가 되는지 따위에 관해 떠
들기를 멈추지 않았고 그때 한 아이가 조심스럽게 손을 들
며 마지막 질문을 했다.

– 인어의 뼈는 어떻게 생겼어요?
– 인어공주라면 상체는 사람의 뼈와 비슷하고 하체는
　물고기 같지 않을까.

　나는 르네 마그리트의 그림 〈인어〉를 떠올렸다. 그의 인
어는 상체가 물고기이고 하체가 늘씬한 인간의 다리였지만.
아이들이 저마다 인어공주에 대해 떠들 때, 나는 그날 고등
어조림을 먹으면서 인어의 뼈를 오래 들여다볼 작정이었다.

못 산다 정말

강상준이 숙제를 제출했다. 사마천의 『사기열전』 과제를 근사하게 썼다고 해서 아무 생각 없이 펼쳐봤다가 이번에도 고개를 파묻고 말았다.

나를 배려한 자체 모자이크 처리로 예상된다. 도대체 저 반투명 테이프를 여러 겹 붙이면서 그는 무슨 생각을 한 걸까?

전이었는데 이는 상상을 초월하는 수
용 총합과 맞먹는 금액이었다. 이 때
벌금을 내는 것은 불가능했다. 당시
고 생각하는 사회 풍조였으나, 사
로 인하여 ▓▓ ̇ 제거되어 그의
는 아버지의 대부터 편찬중이었던

신의 마음

///////////////////////////

- 선생님, 승려가 뭐예요?

아이들은 승려 일연이 편찬한 『삼국유사』에 신화나 전설
이 있음을 배웠지만 승려라는 단어는 이해하지 못했다. 불교
의 가르침을 수행하거나 포교하는 종교인에 대해 설명하자
석훈은 "쌤, 저 예전에 본 적 있어요"라고 대답했다. 안타깝
게도 나는 진도를 나가야 했다. 『삼국유사』가 왜 만들어졌는
지, 설명을 해야 하는 문제가 남아 있었다.

- 길을 지나가는데요.

모두가 석훈의 말에 귀 기울였다.

― 아줌마들이 스님들 앞에서 빡빡이들아! 교회나 가라!
  소리치고 있었어요.

아이들이 자지러지게 웃었다. 저 멀리 '대머리'라는 말이
나왔고, "스님들은 원래 대머리예요?"부터 "교회 욕하는 거
야?"까지 순식간에 우리의 역사는 사라졌고 그 자리에는 그
들의 목소리와 해맑은 웃음소리만 가득했다.

최대한 침착하게 종교인에 대해 설명했다. 그들은 스스
로 머리를 체발하여 세속과 구분 짓는다는 것, 또한 누구나
이 시대에서는 탈모인이 될 수 있음을 덧붙여 말했다. 목소
리를 좀 깔았더니 다행히 아이들이 집중했다.

"제가 신이라면 인간이 짜증 났을 거예요. 선생님은요?"
하고 다시 질문이 던져졌다. 둥글고 풍성한 아이들의 머리카
락이 흔들거렸다. 나는 개미굴을 지켜보고 있는 인간의 그림
자를 떠올렸다. 우리는 신이 아니므로 생각할 시간이 있었다.

"내가 신이라면 글쎄, 인간이…… 가엾지 않을까" 하며
고심 끝에 말하자 아이들은 "쌤, 쉬는 시간이요"라며 시계를
초롱초롱하게 쳐다보았다.

꽃순이와 개똥이

    - 선생님, 저 시는 정말 못 쓰겠어요.

    아이들은 으악, 악, 비명을 질렀다. 요즘 학교에서는 동시를 안 쓰나. 차라리 조선시대의 역사를 분석하겠다고 나서는 걸 보니 도무지 이해할 수 없었다. 이들의 괴발개발 글은 한두 번 보는 일이 아닌데 새삼스러웠다. 아이들은 온갖 디스전을 생각했다. 그들에게는 시보다는 〈쇼 미 더 머니〉가 더 가깝게 느껴질 것이다. 당시에도 욕 있었죠? 응. 짧게 써도 돼요? 응. 한 줄은요? 아니.

    몇몇 애들이 이런 표현을 썼다.

    - 백성들한테 꿀 빠는 양반들아.

마실 나온 듯이 그들이 쓰는 걸 구경했다. 몇몇 아이가 쓴 걸 확인받았다. 와. 잘했네, 괜찮네, 라는 말을 반복하며 그들을 다독였다. 그중에서도 인상 깊은 글은 있었다. 「꽃순이와 개똥이」라는 시였다.

아버지는 개똥이를 버렸다
사람 먹을 게 없으니 개부터 버려야 한다고
개똥이가 서럽게 울었다

옆집 꽃순이가 죽고
마당에 묻혔다

꽃순이 아빠는 전쟁터에 나갔다
꽃순이 아빠는 마당이 없어서 울퉁불퉁한 땅에 묻혔다
묻을 땅이 부족했다

아버지는 기다리자 했다

– 「꽃순이와 개똥이」, 부분

그는 열한 살이다. 나는 감동했다. 옆 친구들이 요동치기 시작했다. 못 쓰겠어요, 봐봐, 쟤는 글씨도 예쁘잖아, 그들은 내가 뭘 읽었는지도 모르면서 말한다.

꽃순이를 쓴 어린 친구는 나의 시선을 느꼈는지 "선생님, 제가 쓴 건 시가 아닌 것 같아요, 이래도 돼요?" 하고 물었다.

다시 묻고 싶었다.

이게 시가 아니라면 뭐라고 할까?

그는 열한 살이다. 나는 감동했다.

옆 친구들이 요동치기 시작했다.

못 쓰겠어요, 봐봐, 쟤는 글씨도 예쁘잖아,

그들은 내가 뭘 읽었는지도 모르면서 말한다.

어린 친구는 나의 시선을 느꼈는지

"선생님, 제가 쓴 건 시가 아닌 것 같아요, 이래도 돼요?"

하고 물었다.

다시 묻고 싶었다.

이게 시가 아니라면 뭐라고 할까?

故 김 선생

////////////////////////////////

- 선생님, 스승의 날 선물 줘도 돼요?

나는 책의 한 페이지를 넘겼다. 시훈은 뒷말을 이어갔다.

- 어린이날 선물 주실 거죠?

보통 진실은 뒤에 있는 편이다.

오늘은 윤동주의 삶에 대해 배웠다. 윤동주의 시가 쉽
게 읽히지만 어렵다, 라고 표현할 때마다 아이들은 고개를
저었다.

- 그가 조선어 수업을 아주 열심히 들었다. 너희가 유명한

사람이 되어 이 수업 때만큼 김 선생이 점수를 잘
주었다, 라는 말이 기록될지 모를 일이잖아.

시훈은 목을 가다듬고 자신이 성공해서 연설을 하게 되
는 날, 하고 싶은 말이 있다고 했다.

– 故 김소형 선생님은 제가 질문할 때마다 창의적이라며
  칭찬을 해주셨죠.
– 선생님, 죽었어?
– 네.

그는 덧붙였다.

– 제가 성공할 때쯤이면 저도 육십은 넘었을 테니까요.

생략된 죽음 앞에서, 웃음이 나왔다. 살아 있는 선생님
의 장례를 이미 치른 아이들이 있지 않는가.
시훈의 창의성이라……. 그는 예전부터 좋은 답을 잘 이
끌어냈다. 예를 들어 한 친구는 축구를 하고 싶고 한 친구
는 보드게임을 하고 싶고 한 친구는 영화를 보고 싶다면 어

떻게 할까? 보통은 다수결로 정할 것이다. 하지만 이 문제는 다수가 모두가 아니라는 의견을 강조하기 위해 만들어졌다. 대부분의 아이들은 자신의 몫을 포기하거나 하고 싶은 것을 택한다. 혹은 문제를 안 푸는 것도 방법이다. 시훈은 그 문제를 오래 고민했다.

– 선생님 저는요, 친구들한테 축구 보드게임을 하면서 영화를 틀어놓자고 말할 거예요.

애들이 대답했다.

– 천잰데?

그들이 말하는 천재는 언제나 내 머릿속 천재와는 다르다. 그는 공리주의 선택에 대해서도 깊게 고민한다. 만약 눈앞에 있는 뚱뚱한 남자를 밀어서 다섯 명을 살릴 수 있다면? 시훈은 또 고민한다.

– 만약에 제가 밀었다가 뚱뚱한 남자만 죽이는 게 아니라, 뚱뚱한 남자까지 죽어버리면 어떻게 되죠?

그러면 공리주의 선택에서는 더 큰 손해 아닌가요?

숙제를 안 해서 결석한다는 친구가 있으면 "나는 숙제를 안 해도 얼마나 당당하게 오는데! 실망이야!" 하고 혼쭐내는 아이. 비가 오는 바다, 라는 말을 듣자마자 시의 한 구절 같다고 떠드는 아이. 그가 시를 짓기 시작했다.

비가 오는 바다.
친구가 바다에 빠졌네.
고래가 친구를 삼켰네.
비가 오는 바다에
갑자기
○○○의 영웅이 등장했네.
고래의 배를 잘랐네.
비가 오는 바다.

그의 창의성은 뛰어나지만 문학은 안 하는 것이 낫겠다고 故 김 선생은 생각했다.*

★   시훈이 친구들과 쓴 즉흥시(그날은 비가 많이 와 아이들의 바지가
    온통 젖었고 다들 우울해하던 날이었다. 이 시를 한 줄씩 즉흥적으로
    만들고는 즐거워했으니까 된 걸까? 약간의 수정을 거쳤다. 회사 이름이
    나오기 때문이다).

방구차

///////////////////

일단 뛰자.

그 여름, 산타

산타를 믿으세요?

'도를 아십니까'와 비슷한 질문처럼 들린다. 질문을 걷어
내면 친구의 믿음이 보인다. 기가 차다는 듯이 혀를 차는 아
이와 열혈 신도가 6:4의 비율로 나뉜다. 열한 살. 믿음을 논
하기엔 애매한 나이다.

요즘의 산타 할아버지는 꽤 바빠 보인다.

- 저는 아이패드를 받았어요. 저는 크리스마스 기념으로
  가족이랑 호텔 여행을 갔는데 혹시라도 산타
  할아버지가 저를 찾을까봐 편지를 남기고 갔어요.
  신기하게 호텔에 선물이 도착했고 제 침대에 프린트된
  편지가 답장으로 놓여 있었어요.

산타 목격설도 종종 들린다.

- 밤 12시에 눈을 떴더니 창문을 통해 붉은 옷을 입은
  사람이 들어왔어요. 승강기에서 만난 애들도 있어요.

시대가 바뀌긴 한 것 같다. 편지를 프린트하고 아마존에
서 아이패드를 구매할 줄 아는 할아버지는 무슨 세대일까.

- 사실은…….

내가 입을 떼자 구석에서 한 친구의 동공이 매우 흔들리
고 두 손을 꼭 모은 채 서서 소리를 지른다.

- 동심 파괴하지 마세요!

이제는 매년 겪는 일이라 준비해둔 게 있다. 나는 느릿하
게 미국 북미항공우주방위사령부NORAD의 산타 위치 추적
서비스 주소를 칠판에 적어주었다.* 올해 산타는 코로나19
감염을 막기 위해 마스크를 착용했다는 말도 건네주었다.
아이가 자기 집 근처에 와 있는 건 아니냐고 물었고, 나

는 겨울이 오면 찾으라고 말했다. 만약 네가 이 여름을 잊지 않는다면.**

★ 12월 24일 https://www.noradsanta.org 페이지에서는 산타의 현재 위치, 다음 행선지, 지금까지 배달한 선물 개수를 실시간으로 업데이트한다.

★★ 1년 뒤 아이들의 의견이 나뉘었다. 알면서도 부모를 위해 속아준다는 아이 두 명. 산타는 있지만 실제 선물을 줄 수는 없어서 부모가 대리구매를 한다는 아이 한 명. 엄마가 산타는 없다고 단언하여 울다가 지쳐 잠들었다는 아이 한 명이 추가됐다.

231 232233 234 235 235236237*

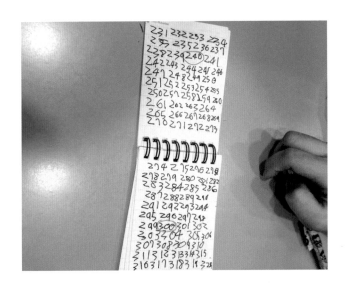

★ 3학년 단짝 친구가 쉬는 시간에 숨었던 횟수. 술래잡기를 시도한
   기록을 모두 적었다고 한다.

용왕은 멍청해서 약이 필요 없다

아이는 『별주부전』의 결론이라며 적었다. 그는 대신에 『문어전』*을 쓰겠다고 말했다. 이 꼬맹이들은 날카로운 칼로 이야기를 잘도 해석한다. 이야기가 있는 곳에는 교훈이 있고 나는 교훈을 좋아하지 않지만 그들의 말을 들으며 금세 늙는 것도 나쁘지 않을 것이다.

★　현준이 쓴 내용: 자라가 토끼에게 속은 것을 알고 바위에 머리를 박고 죽은 뒤의 이야기다. 자라가 포말 속에서 사라지는 걸 본 토끼는 그를 동정하여 뭐든지 낳게 하는 자기 간 일부를 잘라 바다에 던져주고 남은 조각은 자신도 삼켜 살아나 룰루랄라 뛰어 집으로 돌아갔다. 하늘의 뜻인지, 자라는 바다에 휩쓸리던 도중 토끼의 간이 입에 들어가서 살아났으며 눈을 떠보니 용궁이 아닌 문어 마을에 도착했던 것이다. 용궁 아래, 오징어 마을 아래, 조개 마을 아래 있는 문어 마을에서 자라는 자신이 살아난 이유도 모른 채…….

누구야?*

///////////////////

남자아이들이 그리는 사람의 얼굴에는 주름과 콧물이
두드러진다.

★ 패딩 안에다가 노트와 그림을 가득 넣어놓고는 나를 기다리고 있었다.

맹꽁이

///////////////////

　맹꽁이는 주둥이가 짧고 몸 전체가 둥글며 멸종위기 야생생물로 지정되어 보호받는 종이다. 실제 울음소리가 맹꽁이라 하여 이름 붙었지만 한 마리가 맹, 하고 외치면 반대편에서 꽁, 하고 대답하는 방식이다. 듣기 좋은 합주라고 느낄 수 있지만, 실제로는 암컷을 유인하기 위한 치열한 전투에 가깝다. 땅속에 있다가 장마철에 나와 울기 때문에 그 울음소리는 운치 있게 느껴진다. 맹꽁이를 실제로 접한 아이들은 드물 것이다. 풍성한 흙과 깨끗한 물이 있는 저지대를 떠올려보지만 도시 한복판에서 자란 아이들과 나는 상상 속에 맹꽁이를 그리고 배울 뿐이다. 아이들은 맹꽁이의 울음소리를 궁금해한다. 나는 맹꽁이 서식지에서 촬영된 무앵, 꾸앵, 하며 반복되는 라가를 들려준다. 하지만 문득 의심이 든다. 아이들은 맹꽁이의 모습을 아는지.

시간이 남아 모두에게 맹꽁이를 그려보라고 시켰다. 아이들은 평소 수업 시간에 낙서를 즐겨 하지만 막상 그려보라고 하면 쑥스러운 척한다. 5분 정도의 시간이 흘러 공개된 맹꽁이들은 다채로웠다. 내가 정확한 문장으로 수업했을지라도, 그들의 머릿속에는 새로운 변이 맹꽁이가 가득했던 것이다. 나는 개의 형상과 닮은 맹꽁이를 보았다. 맨 뒤에 아이는 알파카의 몸에 둥근 얼굴을 달아두었다. 도마뱀과 닮은 맹꽁이도 보았다. 개미핥기와 닮은 맹꽁이도 보았다. 진흙 속에서 무앵, 꾸앵, 울고 있는 수많은 동물들을 상상했을 아이들에게 정확한 이미지를 알려주어야 했다.

그들은 놀랐다. 털이 없다는 사실에 놀랐고 꼬리가 없다는 사실에 놀랐고 전혀 귀엽지 않다는 사실에 놀랐다. 위협적인 얼굴을 빼꼼 내밀고 있는 까만 눈과 돌기를 보며 아이들은 충격을 받다가도 다시 물었다. "약간 귀여운 것 같기도 하고." 누군가 그 말을 했을 때, 누군가는 옆에서 으에, 라는 이상한 소리를 냈다. 아이들은 그저 자신의 머릿속에 없던 맹꽁이를 목격하게 된 게 놀라웠을 테다.

내게는 당연한 세계가 누군가에게는 없다는 것. 어린 친

구들을 보면서 배우는 지점이다. 내가 언제나 질문하는 사람
이라는 걸, 무앵, 꾸앵 소리를 들으며 깨닫는다. 무수한 무앵,
꾸앵을 반복하는 마음으로. 나는 칠판을 지웠다.

내게는 당연한 세계가 누군가에게는 없다는 것.

어린 친구들을 보면서 배우는 지점이다.

내가 언제나 질문하는 사람이라는 걸,

무앵, 꾸앵 소리를 들으며 깨닫는다.

무수한 무앵, 꾸앵을 반복하는 마음으로.

나는 칠판을 지웠다.

마커 친구

저학년을 가르치는 건 쉽지 않다. 주기적인 호응이 있어야 하고 아이의 관심에 따라 조금은 휘둘려주는 것도 필요해 보인다. 울기도 잘 울고 금세 입을 꾹 닫기도 하여 감정의 혼란 속에 덩그러니 놓인 나를 만나게 된다. 대부분의 아이들에게 호감을 사는 건 쉬운 일이다. 관심을 갖고 아이의 말에 귀 기울여주면 된다. 이건 어른에게도 해당된다.

주호는 힙합을 좋아한다. 그는 빠른 랩을 선보인다. 모자를 비뚤게 쓰고 통이 큰 옷을 입은 작은 아이의 형상을 본다. 윤영은 퀴즈 내는 걸 좋아한다. 그는 "선생님, 생각을 해봐요!" 하며 본인이 낸 퀴즈에 진심을 다하는지 안 하는지 지켜본다. 그는 바다의 파도는 말랑말랑한 질감으로 이루어져 있으며 포말이 튀는 게 아니라 탱탱볼처럼, 탄성이 높은 바닥에서 포말이 뛰는 것이라고 덧붙였다.

이직한 뒤에도 그들은 이따금 생뚱맞게 카톡을 보냈다. 갑자기 단톡방에 초대하여 "선생님, 사랑해요"를 연발하는 이들에게 어찌 마음이 움직이지 않을까. 그들은 금세 사람을 사랑하고 금세 잊는다. 나는 저학년 학생들의 쿨한 인사도 제법 받는다. 헤어지는 날에도 그들은 "다시 보면 되죠. 제가 또 올게요"라고 하며 떠났다. 하지만 그 수업은 두 번 들을 수 없는 수업이며 그 사실을 선생만 알고 있어 아쉽다. 사람 일은 모르는 거니까 그의 말이 맞을 수도 있다.

저학년을 만날 때, 나는 준비를 한다. 어려운 책을 가르칠 때는 더욱 쉬운 척한다. 오늘 마커 친구를 데려온 것도 그 이유 때문이다. 다섯 개의 마커에 스티커를 붙여두었다. 하나는 철학, 하나는 경제, 하나는 역사, 하나는 문학, 하나는 과학이다. 몇 개 더 필요하지만 큰 테마는 문학과 비문학으로 나뉘면 된다. 예를 들어 역사 수업을 할 때는 보라색 마커를 데리고 오는 것이다. 나는 마커 친구가 여러분의 수업 태도를 기억하고 그때 분명 가르쳐줬는데, 라고 중얼댈 것이라고 넌지시 일러주었다.

시간이 지나 스티커는 떨어지고 이제는 문학이 빨강이었는데 파랑이었는지 헷갈린다. 아이들은 어느새 자랐다. '새로운 친구가 오면 마커 친구를 소개해줘야죠'라는 이야기를 하기 애매한 나이가 됐다. 구성원이 바뀌고 시간이 흘러 이제는 마커 친구들이 서랍에서 나올 일은 없다. 굵은 마커가 아닌지라 판서를 할 때도 쓸 일이 없고, 평소 단일 펜으로 첨삭하는지라 사용할 일도 줄었고, 그럼에도 나는 아직 벗겨지지 않은 스티커가 있어 버리지 못하는 것이다. 마커의 쓸모가 아닌 스티커의 유무로 사물의 가치를 판단한다.

어느 날, 경제 수업을 할 때였다. 이익과 비용으로 판단되는 세계에 대해 말하고 있었다. 기회비용과 경제주체와 보이지 않는 손과 수요와 공급의 그래프에 대해 떠들고 있을 때, 승준이 말했다.

– 마커 친구는 잘 있나요?

그가 마커 친구의 안부를 물은 건 2년 만이다. 아이들은 어리둥절한 표정을 지었다. 5학년이 된 반의 구성원에서 마커 친구를 알고 있는 건 승준 한 명이었다. "어? 그게." 나는 갑자기 소환된 마커 친구의 생존을 떠올렸다. 나는 궁금해하는 아이들에게 간략하게 설명한 후 다음 주에 마커 친구를 데려오겠다고 말했다.

‑ 아이들은 어떻게 기억할까요?

직장 동료가 말했다.

‑ 그때의 기억이 좋았나 보죠.

나는 침묵했다. 대신 서랍에 있는 마커 친구의 숨소리를
듣기로 했다.

대부분의 아이들에게 호감을 사는 건 쉬운 일이다.

관심을 갖고 아이의 말에 귀 기울여주면 된다.

이건 어른에게도 해당된다.

이상한 선물

직장 동료가 손에 주렁주렁 뭔가를 들고 온다. 스케치북에 그린 그림으로 추정된다. 심지어 테두리를 오려서 세 장 정도를 준 걸로 봤을 때 한 학생의 작품임을 알 수 있다. 통일성이 있고 특색이 있다.

   - 아이가 준 선물이에요.

예상이 가능하다. 이 선생님은 매번 시리즈물로 선물을 받고 있는 것이다. '저번 주에 자신이 준 선물은 어디에 있느냐'라는 물음까지 들었다고 하니 잘 보관해야 하는 숙명까지 받은 셈이다.

   - 이거 잃어버리면 안 되는데.

그의 책장 옆에는 테이프로 붙여둔, 도마뱀으로 추정되는 거대한 그림이 장식되어 있다. 디테일이 살아 있지만 멀리서 보면 역시나 알아볼 수 없다는 점에서, 아이들의 흔적은 일관된 부분이 있는 듯하다.

　내 책상에는 학생이 주고 간 인형 두 개가 놓여 있다. 털실로 수작업을 한 인형은 코끼리가 아닐지. 하나는 플라스틱 눈을 박지 않아 눈이 없고 하나는 압정을 박아 눈이 있다. 정체를 알 수 없다는 점에서 아이가 주고 간 선물임을 눈치 챌 수 있다. 아이는 쉬는 시간이나 수업 시간에도 인형을 만들고 있었다. 최근에는 레진 작품으로 관심이 옮겨 갔는지 하트 모양의 레진을 주고 갔다. 녹색의 잉크가 물든 하트 레진은 무엇에 쓰는 물건인지 예상하기 어려웠지만 고마웠다. 나는 인형들 사이에 그것을 잘 올려두었다.

　일터뿐 아니라 우리 집 책장에는 플라스틱 통이 있다. 화려한 색지로 뒤덮인 통에는 삐뚠 글씨로 "좋은 곳에 갈 겁니까?"가 적혀 있다. 내 시집의 제목이 『좋은 곳에 갈 거예요』라는 것을 기억하고는 수현이 적어준 문장이다. 그는 줌 ZOOM 수업 때, 이 통에 있는 비타민을 까먹다가 "그건 뭐니. 특이하네"라고 했던 나의 말을 기억하고는 현장 수업 때 가지고 온 것이다. 아무리 봐도 조잡했다. 나는 수현에게 "이건 재활용이잖아"라고 말했다. 그는 "아니에요" 하며 누가 봐도 다 쓰고 남은 비타민 통에 울퉁불퉁한 색지를 붙이고 자기 글씨까지 적어 선물했다.

- 쓰레기, 선생님한테 버리고 가면 안 돼.

내 말에 아이는 웃으면서 기어이 통을 주고 갔다. 어디에 놓아도 어울리지 않는 통이었다. 통에는 누가 먹다 만 비릿한 비타민의 냄새가 풍겼다. 그것을 일터 책상에다 두었다가, 결국에는 짐이 되어 통통 굴러떨어지는 일이 반복되어 집으로 가지고 와야 했다. 책장 사이에, 책이 넘어질 때마다 재활용 통이 묻는다. "좋은 곳에 갈 거예요?" 그는 자기 사인도 야무지게 해두었다.

서랍을 열면 아이들이 주고 간 편지가 있다. 내 이름을 틀린 편지도 많다. "소현 선생님, 사랑해요"라는 문구에선 마음만 받기로 했다. 아이가 주고 간 편지에는 그때의 감정이 고스란히 남아 있다. 내가 젤리를 좋아하지 않는다는 말에 그는 초콜릿과 영양 견과류를 담은 과자를 자신의 용돈을 털어 담았다고 하며 긴 편지를 썼다.

한 번은 아이가 직접 만든 카툰을 받은 적도 있다. 아이는 포스트잇에다가 한 컷 만화를 그리고는 빠르게 넘겨가며 애니메이션처럼 보여주었다. 그의 솜씨는 좋았고, 그의 센스는 알 수 없었다.

그는 〈코딱지의 왕〉과 〈핵〉이라는 두 테마의 작품을 보여주었다. 코딱지의 왕은 재밌긴 하지만 선물용으로는 좋지 않다며 내게는 〈바보 쫄면〉이라는 작품과 〈핵〉을 선물했다. 아무래도 '바보'라는 작품을 시도하다가 쫄면으로 바꾼 모양이었다. 〈바보 쫄면〉은 10장으로 이루어져 있고, 〈핵〉은 총 31장의 작은 포스트잇으로 이루어져 있다.

열한 살의 아이는 쉬는 시간마다 자기 작품을 만들었다. 그는 행인들이 지나가는 길목에서도 등을 기대고 앉아 그리면서 놀았다. '작품을 공개해도 괜찮냐'는 말에는 '괜찮다'고 호응했다. 그 말을 기억할까. 그런 아이는 지금쯤 중학생이 되었을 거다. 여전히 앉아 연필을 뭉개가면서 그리고 있을지 궁금하다. 서랍을 열면 아이들이 준 낙서가, 선물이, 편지가 놓여 있다. 나는 언제쯤 이 기록을 지울지, 버릴지 생각한다. 이상한 선물에 둘러싸인 선생님들을 떠올린다.

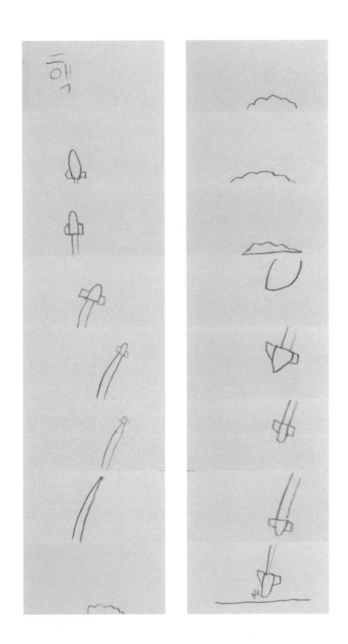

〈핵〉

2부

코로나

이후

After
Corona

지탈

〰〰〰〰〰〰〰

　- 이제 눈술이 없네요.

　주변 친구들은 논술이 사라졌다는 말로 알아듣는다. 혹은 학원을 끊는다는 말로 알아듣는다. 석인은 눈술을 아는 한 명의 친구다. 그는 이제 열세 살이 되었다. 이 글을 쓰는 동안에 나는 3년이라는 시간을 보냈다. 그동안 서로의 비밀을 아는 학생들은 반을 옮기고 성장했고 코로나 시대를 겪었다. 서로를 만지면 안 된다. 가까이 가서는 안 된다. 눈을 감고 술래잡기하면서 왁자지껄한 웃음소리를 낼 일이 사라진 강의실에서도 여전히 아이들은 웃는다.

　- 선생님 눈술이 뭐예요. 저희도 비슷한 단어 있는데.

내 귀가 쫑긋한다. 그는 "지탈이요"라고 말했다. 나는 다시 어리둥절한 표정을 짓고 묻는다. "그러니까 지옥 탈출이요." 아이들은 술래잡기를 지옥 탈출로 부른다고 했다. 어둠 속을 헤매는 술래의 기분이 지옥인가. 아니면 눈 감은 술래가 사실은 지옥의 역할을 하나. 실제로 검색해보니 몇몇 친구들만 쓰는 단어가 아니었다. 우리가 약속한 10년 중 3년이 흘렀으니 앞으로 남은 7년 동안 눈술을 기억하는 이들이 얼마나 있을지 모르겠다.

나는 지옥을 탈출하는 기분으로, 혹은 지옥의 역할을 대신하는 기분으로 즐거운 쉬는 시간을 끝내러 온 선생이 된다. 내가 자주 하는 말이다.

– 즐거운 시간 끝.

쉬는 시간이 끝났다는 말이다. 하지만 아이들은 딱히 즐거운 시간은 아니었다고 대꾸한다. 그토록 쉬는 시간을 기다리면서, 내가 10분만 더 수업해도 선생님, 하고 단호하게 부르면서 막상 앉아 휴대폰을 보고 있는 시간이 좋지만은 않은 것이다. 예전에 그들은 신이 나 있었다. 움직였다. 서로를 만지고 밀치고 사건 사고가 터져 선생은 쉬는 시간에도 그들을 지키고 있어야 했다. 지금의 그들은 스마트폰을 도란도란 구경하면서 떠든다거나 마피아 게임을 한다거나 서로를 지목하되 만지지 않는 방식을 자연스럽게 익히는 중이다.

　누군가에게는 인터넷으로 이해하는 게 당연한 세대이듯이, 이제 이들은 거리를 두고 노는 것이 익숙해 보인다. 그들의 책상에 에탄올을 뿌리고 천천히 소독한다. 주기적으로 환기한다. 아이들이 잡았던 마커를 소독하면서 개수를 센다. 소독을 하느라 정신이 없는 사이 승진은 나를 물끄러미 쳐다본다. 선생을 본다는 건 이유가 있다는 거다. 그는 마커 하나를 줍고는 언제쯤 선생님이 알아차릴까 두근대는 마음으로 20여 분을 지켜봤다고 한다. 내가 모든 것을 아는 사람이라고 믿는 아이들과 거리를 두면서 그날의 즐거운 시간도 끝이 났다.

예전에 그들은 신이 나 있었다. 움직였다.

서로를 만지고 밀치고 사건 사고가 터져

선생은 쉬는 시간에도 그들을 지키고 있어야 했다.

지금의 그들은 스마트폰을 도란도란 구경하면서

떠든다거나 마피아 게임을 한다거나

서로를 지목하되 만지지 않는 방식을

자연스럽게 익히는 중이다.

누군가에게는 인터넷으로 이해하는 게

당연한 세대이듯이,

이제 이들은 거리를 두고 노는 것이 익숙해 보인다.

그들의 책상에 에탄올을 뿌리고 천천히 소독한다.

내가 가장 예뻤을 때

비대면 수업을 진행한 지도 1년이 되어간다. 일곱 살짜리 아이를 둔 선생님은 코로나 이후 매일 울면서 출근한다고 했다. 저학년 온라인 숙제는 엄마의 몫이며 자기 삶은 완전히 없어졌다고. 그는 내게 늦지 않았으니 아이를 낳지 말라고 조언한다. 그가 칫솔을 꺼내 들고 화장실로 간다. 세수도 하지 못하고 나왔다는 말이다. 그의 뒷모습을 통해 매일 울면서 출근하는 여성들의 얼굴을 그릴 수 있다.

상준은 쉬는 시간에 카메라 앞에서 먹방을 한다. 오늘은 양갱이다. 양갱을 한입 물고 카메라에 들이밀고 웃는다. 쉬는 시간을 알뜰히도 쓴다. 거실 끝부터 워킹을 시작한다. 손을 쭉 뻗고 내리고 디스코를 추면서 그가 다가온다. 반응이 없어 아쉬운지 개 인형을 자신의 자리에 꺼내둔다. 그의 줌 수업 이름은 '강비글'로 바뀌어 있다.

재희도 결국 넘어간다. 그는 더 큰 인형을 찾아 자신의 자리에 놓는다. 10분간의 쉬는 시간이 끝나면 아이들 자리에는 온갖 인형들이 놓여 있다. 뭐가 즐거운지 모르지만 그들은 즐겁다. 아이들은 마치 그래야 하는 것처럼.

– 쌤. 저 쌤 얼굴 처음 봐요.

재희는 마스크를 벗은 나의 얼굴을 처음 본다. 마찬가지다. 재희는 마스크를 벗었을 때의 느낌이 꽤 다르다. 묘한 느낌이 들 때쯤 상준은 놓치지 않고 한마디를 던진다.

– 잘 봐둬.
– 왜?
– 지금이 선생님이 가장 예쁠 때니까.

세상에. 나는 타고남이란 무엇인가 싶었다. 공부 머리로는 배울 수 없는 게 있다는 증거. 그게 바로 상준이다.

내가 가장 예뻤을 때
난 너무도 불행했고

난 너무도 종잡을 수 없었고
난 무지무지 외로웠다

그래서 결심했지, 가능하면 오래오래 살아야지 하고
나이 들어서 엄청나게 아름다운 그림을 그린
프랑스의 루오 할아버지처럼
그렇게

　　　　　－ 이바라기 노리코, 「내가 가장 예뻤을 때」, 부분

　시인인 이바라기 노리코가 떠오르지만 그는 모르겠지.
그는 헤겔의 변증법을 병증법이라고 적었던 아이. 내가 병이
아니라 변, 변, 변, 이라고 세 번 발음하자 똥을 생각하고는
고개를 뒤로 젖힌 채 웃다가 벽에 머리를 부딪치기도 했다.
하지만 저런 아이들을 보면서 가능하면 오래오래 살아야지
하고, 나이가 들어가는 나의 모습을 줌에 비친 화면을 통해
그려보았다.

아이들의 채팅

나 오늘

가래떡에 설탕 뿌려서

머금

설탕 남은거 먹ㄴ느중

나 오늘

곰탕에 소금 뿌려서

머금

난...크로와상에

와 정유럽

와 ㅏ

[여기에 메시지 입력...]

호박 고구마 할머니

쉬는 시간이 끝나고 돌아오자 줌 화면에는 나문희 선생님 얼굴이 가득했다. 아이들은 '호박 고구마 할머니'라고 불렀다. 수업을 방해하지 않는다면 딱히 금지하는 것이 없지만 배경으로 깔아둔 저 표정을 보고 수업을 하는 건 쉽지 않은 일이었다.

다시 반의 룰을 정했다.

- 돌고래 소리 금지.
- 폭력과 욕설 금지.
- 줌 수업 때 나문희 선생님 배경 사진 금지.

코로나 시대에 만난 아이들은 여전히 똑똑했지만 작년

학생들보다 매우 어렸다. 또래 친구들을 직접 만나지 못한다
는 이유만으로 자라지 않다니.

신도 다시 룰을 정하는 걸까?

내가 잠시 생각에 빠졌을 때, 아이들은 재빠르게 호박
고구마 할머니의 사진을 껐다 켰다 반복하고 있었다.

사춘기

/////////////////////

- 우리 애가 사춘기라서요.

　나는 아이를 들여다본다. 아이도 나를 들여다본다. 여기 심연에 빠진 사춘기가 길게 늘어져 있나? 아이는 키가 조금 컸다. 흔히 코로나 이후 아이들이 빌드 업 되었다고 표현하는데 예전에는 통통했다면 지금은 책상이 작아 보일 정도다.

- 선생님, 저 살쪘어요?

　살이 토실하게 올라온 볼의 움직임을 본다. 오동통한 팔뚝이 근심스럽게 나를 바라보는 듯하다. 내가 할 말은 그저 많이 먹어두라고 말할 뿐이다. 성장판이 열려 있을 때, 많이 먹어두라고.

– 선생님의 가능성은 옆밖에 없어. 이제 키가 줄어드는
  일만 남았고.

그들은 이 말을 좋아한다.

부모들은 하루에도 몇 번을 밥을 차렸을 것이다. 간식을
주고, 아이들을 먹이고. 그들의 삶이 선명하게 보인다. 하루
는 직장 동료가 "선생님이 생각 의자에 앉아 있는 것 같던데
요"라고 말하기도 했다. 그렇다. 덩치 큰 아이들 속에 파묻혀
생각 의자에 앉아 있는 나.

– 저는 사춘기가 오고 있어요.

시훈의 말에 사춘기의 몸짓이 궁금해졌다. 사춘기는 어
떻게 오나. 스멀스멀 기어오나. 재빠르게 달려드나. 아무도 시
훈의 말에 신경 쓰지 않는다는 게 아이들답다. 그들은 빗방
울이 떨어지자 창문을 열고 우산 걱정만 할 뿐이다.
　시훈이 설명한다. 부모님이 말하는 사춘기는 부모의 말
을 안 듣기 시작할 때이며 자신은 자신의 생각이 생기기 시
작하는 때가 사춘기라고 느낀다고 말한다. 사춘기는 느낌에

가까운 형상 같다. 아무래도 아이들은 주변 반응에 따라 자신이 사춘기구나, 깨닫거나 학습되는 거라고 말해볼 수 있겠다. 그들이 두려운 건 사춘기가 아니다.

어디선가 '흑염룡, 내 손안의 흑염룡' 하면서 보란 듯이 주문 거는 소리가 들린다. 중2병?, 하고 말하는 순간 '크큭' 웃는 소리와 손가락으로 얼굴을 반쯤 가린 몸짓을 볼 수 있다.

– 너 변성기 오면 정말 이상할 것 같아.

나와 아이들은 눈을 가리면서 웃었다. 문득 김행숙 시인의 시집 『사춘기』가 떠오르기도 한다. "얘들아, 뭐하니? 나는 두 눈을 바깥에 줘버렸단다. 얘들아, 얘들아, 어딨니? 같이 놀자." 시인의 말을 떠올리자 반쯤 눈을 가린 어린 친구들의 사춘기가 나를 노려보고 있다.

아이가 설명한다.

부모님이 말하는 사춘기는

부모의 말을 안 듣기 시작할 때이며

자신은 자신의 생각이 생기기 시작하는 때가

사춘기라고 느낀다고 말한다.

사춘기는 느낌에 가까운 형상 같다.

아무래도 아이들은 주변 반응에 따라

자신이 사춘기구나,

깨닫거나 학습되는 거라고 말해볼 수 있겠다.

그들이 두려운 건 사춘기가 아니다.

물어볼 수 없지만 모르면 부끄러운

나의 어린 시절 친구, 영주는 똑똑한 친구였다. 그는 전교 일등이었고 모든 상을 휩쓸었다. 내신 공부를 할 때면 중요한 단원을 선생님처럼 알려주는 훌륭한 아이였다. 웃을 때면 통통한 볼이 다람쥐처럼 살짝 올라가는 모습이 보기 좋았다. 복습하다가 헤매는 나에게 이해를 잘하더라, 라며 상대방을 배려해 칭찬도 해줄 수 있는 사람이었다.

그는 언제나 검정 티셔츠를 입었다. 교복 안에도, 사복으로 만날 때도 그러니까 폭염이라 도무지 검은색을 걸치고 싶지 않을 때도. 나는 그가 검정을 좋아한다고 생각했다. 다만 가끔은 저렇게 땀을 흘리면서도 검정 티셔츠를 포기하지 않는 이유가 궁금했다.

– 덜 뚱뚱해 보이잖아.

가끔 여자아이들은 통통한 손을 내밀며 "저 살쪘어요?" 하고 묻는다. 그렇게 묻는 여자아이 옆에서는 볼록하게 배 나온 남자아이가 친구들을 향해 배치기를 하고 돌아다닌다. 그는 "까불지 마"라고 말하고 있다. 누군가에게는 약점이 누군가에게는 권력이 된다. 가끔 아이들은 내게도 몸무게를 묻는다.

나의 세계에서 본 것이 전부는 아닐 테다. 누군가의 시선 때문에 입는 것 자체를 두려워하게 되는 일은, 이 세계가 부끄러워해야 할 일이라고 생각했다.

여름이 되면 여전히 검정 티셔츠를 입고 버스 정류장에서 나를 기다려준 아이를 떠올린다. 맨 위 서랍에 있었을 낡은 티셔츠를 생각한다. 그 셔츠를 입고 다시 여름을 맞이하는 수많은 아이들을 생각한다.

나의 세계에서 본 것이 전부는 아닐 테다.

누군가의 시선 때문에

입는 것 자체를 두려워하게 되는 일은,

이 세계가 부끄러워해야 할 일이다.

여름이 되면 여전히 검정 티셔츠를 입고

버스 정류장에서 나를 기다려준 아이를 떠올린다.

맨 위 서랍에 있었을 낡은 티셔츠를 생각한다.

바퀴하우스

///////////////////////////

– 선생님의 시집, 정말 잘 읽었습니다.
  선생님과 저는 일상을 작게나마 공유하고 있는데,
  저와 달리 선생님은 이곳에서도
  가장 아름다운 것을 발견하시는 듯했어요.

그는 내게 스피노자의 『지성교정론』을 선물했다. 앞에는 짧은 편지가 적혀 있었다. 반성의 시간이 시작되었다. 나는 아름다운 것만 보려고 하나. 인류의 풍경은 변함없이 아름다울지라도 사람들은 전쟁을 하고, 처형을 하고, 끔찍한 일들을 자행한다.

그래서 꺼낸 바퀴벌레 이야기. 이 이야기는 꽤 더러울 수 있고, 또 이런 말을 하면 읽고 싶을 수도 있으니까. 읽거나 귀를 살짝 접어두어도 되겠다.

시작은 『종의 기원』, 다윈의 진화론이었다. 그의 자연선택설을 이야기하다가 '바퀴벌레'로 넘어간 것이다. 스피노자의 책을 말하고 바퀴벌레로 가는 삶, 이게 요즘의 내 삶처럼 느껴진다.

벌레는 아이들이 좋아하는 소재다. 눈을 희미하게 뜨고 있던 아이들의 눈빛이 변한다. 몇몇은 재촉한다. 이럴 때 뜸을 들이면 된다. 자주 쓰는 스킬이다. 그들이 요동치고 있다.

우리는 바퀴벌레의 생존력에 대해 깊게 토론한다. 공기가 없어도 살고 방사선을 견디고 죽기 직전에는 아이큐가 올라가는 무한한 존재. 암컷을 죽이면 그 알에서 새끼가 야무지게 태어나는 무한궤도와 일상을 감싸고 있는 택배 상자에 알을 까고 기다리고 있는 가능성에 대해. 이야기는 이미 산으로 갔다.

– 샌드위치에서 몇 마리의 바퀴벌레를 발견하면
  괴로울까요?

답은 반 마리다. 비명 소리가 들린다. 이제 샌드위치 못 먹어, 외치다가 다시 아이들은 신이 나서 묻는다. 사실 그들에게는 환상에 가까운 존재가 바퀴벌레일 것이다. 그들은 실험 때, 혹은 산에서 사는 바퀴벌레를 봤을 뿐이고 요즘은 실제로 집에서 목격할 일이 거의 없기 때문이다.

영화 〈조의 아파트〉가 떠오른다. 변기에서 다이빙을 하며 만화경의 유리 조각처럼 퍼졌다가 다시 좁아지는 장면이 멋지다. 평소에는 잘 적지도 않으면서 아이들이 영화 제목을 기록해두려 한다.

– 선생님, 조? 뭐라고요?

나는 바퀴하우스에 대해 (종이에 그려진 바퀴벌레 가족의 얼굴) 혹은 어린 시절 하교 후 집에 왔을 때 목격한 벌새만 한 바퀴벌레에 대해 (이 바퀴벌레는 새처럼 날아다녔다. 그때 갖고 있던 가장 두꺼운 책은 과학 교과서였기에 그걸로 때려잡았다. 그런데도 두께감이 느껴져서 책을 덮어두고 내 방을 버리고 나왔다. 며칠 뒤 뉴스에서는 그게 미국에서 온 슈퍼 바퀴벌레라고 소개해주었다.) 이야기하다가 자연스럽게 다윈의 진화론으로 넘어간다. 바로 추진력을 얻기 위함이다.

이렇게 어딘가에 기록하기 애매하고 수다를 떨기에도 애매한 이야기를 쓰지 않는 게 잘못처럼 느껴질 때가 있다. 잘 써야 한다는 것과는 별개의 생각이다. 나는 아이들과의 일상을 기록해야 한다. 선별은 이후의 몫이다.

수업은 끝났지만 아이들의 생각은 시간이 지나서도 자라 있다. 한 달 뒤, 한 학생은 다시 질문했다.

- 선생님, 만약에요. 샌드위치에서 발견된 반 마리가 암컷이었으면요.

어디선가 한 아이가 "알!!!"이라 외치며 고개를 숙인다. 아이의 말은 끝나지 않았다.

- 암컷의 경우 알집이 그대로 있었으면 제가 먹잖아요. 그러면 목에서 알을 까나요?

여러분은 어떤 대답을 해줄지 궁금하다.

나는 반대 측 입장을 생각한다.

- 때론 바선생의 입장도 들어봐야 한단다.

그렇지만 한 달이 지났음에도 여전히 이런 질문 속에 파묻힌 아이들을 보면서 몇 번 웃는다. 이걸 산문집에 실을 수 있을까.

며칠 전에 집에서 커다란 바퀴벌레를 발견했다. 모든 이야기가, 죄업이 돌아온 것 같아서 기절하는 줄 알았다. 환기를 시키고자 창문을 활짝 열었던 게 문제였다. 과거의 미국 바퀴벌레처럼 잠시 집에 들어온 모양이었다. 나는 조용하게 요동치며 세스코를 외쳤다. 이미 상상 속에서 알을 깐 무한함을 보았기 때문이었다.

그 이후의 이야기는 다음에 해보자.

소송

///////////

아이들은 법 앞에 서 있다.

　최근 경제 수업을 할 때 난처함을 느꼈다. 초등생의 눈높이에 맞게 저금통의 예시로 설명해보라는 건데 이들은 재개발과 주식에 대해 알고 있기 때문이다. 통장에 부모가 넣어준 돈이 충분한, 저 선한 표정의 아이를 쳐다본다. 규준은 최근 27만 원짜리 미국 주식을 샀다. 증시가 출렁이면서 현재 18만 원까지 떨어졌으며 그것이 괴로워 자신의 과거를 지우고 싶다고 했다. 자신의 과거를 지울 수 있는 묘약이 있다면, 아이는 그때의 경험을 지우고 다시 시작할 것이다.

　– 제가 과거로 돌아가면 비트코인을 살 거예요.*
　– 너 지금 어떤 줄 알아? 퍼렁이야 퍼렁이. 테슬라가

얼마나 떨어졌는 줄 알아? 어?

도대체 어떤 싸움을 너희끼리 하고 있는 건지. 진지하게 정색하는 표정을 보면서 나는 수업을 진행한다. 이렇게 경제 관념이 달라졌듯이 아이들의 싸움 양식도 달라졌다.

― (울먹거리며) 선생님, 쟤가 그랬어요.

맹한 아이들 앞에 CCTV가, 법이 놓여 있다는 걸 기억하자.

도둑질이나 폭력, 욕설의 경우 처벌을 하는 것은 어렵지 않다. 간혹 애매한 것이 문제다. 상대방이 아이를 기분 나쁘게 했다는 것, 정서적으로 학대를 받았다는 것, 아이가 문을 잠갔다는 것, 이런 마찰이 반복되면 부모에게 들어가 결국 부모 간의 싸움이 된다는 것. 옛날과 비슷한 점이라면 역시 애들 싸움은 치열한 구석 한 부분에서 뭔가 맹한 맛이 있다는 점이다.

특히 저학년이 그렇다. 초등학교 2학년인 아이들은 선과 악의 개념이 없어 보인다. 의자가 다리에 닿지 않아 동동 흔들고 있는 뒷모습. 부모가 정성껏 입혔을 카디건이나 재킷은 제집 안방에서처럼 바닥에 널브러져 있고 저마다 사이좋게 가방도 떨어져 있다.

한없이 즐거운 표정을 지었다가도 세상 서럽게 우는 것도 잘한다. 부딪히는 일도 잦고 서로 누가 잘못했는지 구분을 짓는 것도 못한다. 세상 영특하다가도 셈을 못해서 손해도 곧잘 본다. 가끔은 자신이 즐겨 앉던 자리를 두고 싸우고 말을 밉게 했다는 일로도 싸우고 화해도 잘하고 이르기도 잘한다.

– 나~~!!! 아홉 살이야!

한 아이가 악을 지르고 있다.

– 나도~~!!! 아홉 살이야!

나는 지나가다가 그 반을 목격했다(2학년 반이니까 다 아홉 살이겠지). 그 반은 내 머릿속에 '아홉 살 반'으로 기억되어 있다.

그러나 이 모든 게 부모의 귀에 들어가는 날, 이제 다른 문제로 변할 것이다.

- 소송이요?
- 이유가 뭐래요?
- B가 A를 주눅 들게 했대요.

나는 그 사실은 아는지 모르는지 해맑게 웃고 있는 A와 B를 보았다.

아이들은 그저 해맑게 "오늘은 복수의 날이야"라고 떠든다. 그들에게 복수란 상대방이 자신에게 사과하는 것일 테다.

A와 B가 『몽테크리스토 백작』을 펼치면서 묻는다.

- 선생님, 몽테예요? 몬테예요?

그저 발음이 궁금한 아이들을 앞에 두고 나는 칠판에 글씨를 쓰기 시작했다.

★   2022년 2월 4일 기준.

우리는 잼민이니까요

//

초등학생은 초딩으로, 최근에는 잼민이*로 부르는 게 익숙해진 것 같다. 중학생들을 급식충이라 부르고, 대학생이 되면 그다음부터는 일베나 탈코나 다른 세계로 빠져드는 것처럼. 다만 의아한 게 있다. 왜 아이들은 자신을 잼민이라고 부를까. 자신을 비하하는 발언임을 알면서도 그들은 어른들이 부르는 용어를 받아들인다. 비하의 세계에서 성장하는 아이들을 본다.

– 너희 이제 다 컸어.

마치 부모의 발언 같지만 이제 갓 중학생이 된 아이들을 향한 나의 목소리다. 몇몇 반의 아이들은 이제 중학생이 되었다. 학원에서는 1월부터 새 학년으로 부르지만 그들은 부정한다.

　– 우리는 아직 잼민이니까요.

　정작 부정해야 할 단어는 잼민이가 아닌가. 뒤에서 수군
대는 소리가 들린다. 잼민이는 몇 학년까지야? 중1까지 아니
야? 그럼 맞네. 맞장구를 치는 이야기가 펑퐁이 된다. 아직은
어리다는 말, 아직은 성장하지 않았다는 말, 그럼에도 몇몇
애들은 말한다.

　– 제 꿈은 돈 많은 백수인데요. 지금 딱 그 상태거든요.
　　돈만 없어요.

　초등학교는 졸업했고 중학생이 되지 않은 지금, 그들은
자신을 백수라고 생각한다. 그걸 학생이라고 불러, 라고 말
해주지만 마치 너흰 학생이고, 나는 선생이야, 라는 드라마
속 대사처럼 허무하게 들린다. 그런데 아이들은 이 드라마를
알려나. 아이들은 레오나르도 디카프리오를 모르고 가끔은
원빈도 모른다. 나는 어떤 세계에서 살고 있는 건지 싶을 때,

- 너희 해리포터 좋아해?

묻는다. 아이들이 이런저런 반응을 보일 때, 한 마디 덧붙인다.

- 너희 다 큰 거 맞아. 해리포터를 알잖아.

아이들은 "네?" 하는 반응이다. 최근에 알게 된 사실이지만 열 살짜리 아이들에게 '해리포터'를 이야기했더니 그런 단어를 처음 들어본 양 의아한 표정을 짓는 이들이 열 명 중에 일곱 명이었다. 나머지 세 명은 집에 책이 있어서, 언니가 좋아해서 등의 이유로 해리포터를 알았다. 나는 유일하게 그들과 소통할 수 있는 영화를 잃어버린 기분이었다. 이제 어떤 이야기를 건네야 하지 싶었을 때,

- 요즘 애들은 겨울왕국을 말해야 해.

그들이 웃는다. 너희보다 작은 아이들에게 〈겨울왕국〉을 말하면 그때 아이들의 눈빛이 달라지고 얼마나 많은 걸 말하는지 모르지.

– 선생님, 인생 영화예요. 선생님, 도마뱀 그려주세요.
　선생님, 꼭 보셔야 해요.

　그래서 알겠다고 하고선 아직도 〈겨울왕국〉 후속편을
보지 않았다는 말까지 덧붙인다. 그들의 소통창구 역할을
자처한 느낌이지만, 여전히 너희의 얼굴은 통통하고 그러다
가도 불쑥 키가 커 있고 이제는 내가 더 작아져 겨우 의자에
앉아 있는 시간이 된 것 같다.

　너희가 자신을 잼민이라 부르지 않을 때,
　이 빛이 얼마나 충만한지 알고 있을 때,

　우리는 조금 더 자랄 수 있을 것이다.

★　초등학생 정도의 저연령층 아이를 이르는 말. 채팅, 방송에 등장하여
　쓰이기 시작해 사용 빈도가 늘었고, 아이들은 '재밌다'라는 뜻으로
　쓰기도 한다고 전했다.

너희가 자신을 잼민이라 부르지 않을 때,

이 빛이 얼마나 충만한지 알고 있을 때,

우리는 조금 더 자랄 수 있을 것이다.

넌 착해?

내가 줄곧 해오던 말이 있다. 애들은 선과 악이 없다. 왜 이런 주장을 하게 됐는지 들어나 보자.

복도에서 쪼르르 달려온 낯선 아이가 물어본다.

– 선생님은 착해요?

나는 질문의 저의를 파악한다.

– 넌 착해?
– 네. 전 착해요.

대답하고 싶어서 달려온 것이다. 가끔 그들의 행동과 질문을 통해 인간의 본성은 언제쯤 생기는지 궁금할 뿐이다.

대부분의 아이들은 성악설을 좋아한다. 선호에 가깝다. 성선설과 성악설에 대한 토론이 있는 날, 성선설 팀 대표가 패배를 선언하고 토론을 시작한 적도 있다.

- 저희가 깊게 고민했는데 셋이 모두 성악설이라는 결론이 나왔고 상대방을 설득할 수 없기 때문에 저흰 졌어요. 숙제 해오겠습니다.

논리 수업을 할 때도 기억난다.

- 나는 생활 속에서 선후 인과의 오류를 겪었다. 동생은 자신이 견과류를 먹으면 혀가 간지러워서 견과류 알레르기가 있다고 했는데 몰래 아몬드가 든 빵을 주니까 아무렇지 않게 잘 먹었다.

역사 수업을 할 때도 기억난다.

- 역사 속 인물과 저녁을 먹을 수 있다면 세종대왕님과 저녁 식사를 하고 싶어요. 한정식집이 세종대왕님 입에 맞으실 것 같고. 앙부일구를 만들 때 어려웠던 점을

물어보고 싶네요.

– 더 궁금한 건?

– 어릴 때, '진짜로' 태조께서 책을 다 가져갔을 때
  울었는지?

예술 수업을 할 때도 기억난다.

– 선생님, 고흐는 마스크를 낄 수 없겠네요.

저의를 가늠하지 않는 게 어른의 배려일까. 어른들은 귀
가 없어도 마스크를 낄 수 있는 방법을 우선하는 사회를 이
루자고 말했고 어른들은 고흐의 귀 모양을 본떠 기념품 지
우개를 만들었고 탈부착 가능한 귀가 달린 핀을 만들어 팔
았고 어른들은 인간에 대해서 아무것도 생각하지 말자고 기
록하였다.

아이들의 언어

//

e-mail : 애들아. 비대면 숙제 보낼 때, 영어 에세이 좀
보내지 마. 근데 잘 썼더라.

re : ㅎㅎ 선생님, 영어가 더 편해요.

'∖ㅣ발점'

///////////////////////////

– 선생님은 말투 때문에 지적받은 적 없죠?

– 어조가 차분해서 그럴걸요.

아이들의 경우도 같다. 보통 목소리가 크거나 억양이 높으면 시끄럽다는 컴플레인이 들어온다(목소리가 큰 건 죄가 아니지만 상대방이 불편해한다는 건 알아야 한다). 진정한 수다쟁이는 나긋하고 조용하게 재잘댄다. 대부분 어디에서도 조용하다고 평가받을, 한 번도 입을 쉬지 않은 시환을 보면서 생각한다.

목소리가 큰 아이가 욕까지 쓰게 되면 문제는 곱절이 된다. 부모는 자신의 아이가 거칠게 군 걸 봤지만 정확히 어떤 말을 하는지 모르는 경우가 많다.

- 선생님, 어떤 욕을 썼는지 알려주세요. 제가 정확하게
  알아야 아이에게 말을 할 수가 있지 않겠어요?
- 음, 어머님. 형진은 상대방을 공격하는 욕을 하지
  않고요. 본인이 입버릇처럼 붙은 거예요.
- 뭐라고 하던가요?

이쯤 되면 나도 고민이 된다. 학부모한테 욕을 하는 건
이상하지 않나. 정확한 걸 정확하게 말하는 게 중요한가. 나
는 나긋나긋한 어조로 전달한다.

- 어머님. 형진이 평소에 하는 말은 ■■■■, ■■이에요.

나는 아이에게도 욕의 어원이나 (중학교 국어 선생님이 그
랬다. 그는 성기와 패륜에 대해 알려주었다.) 주변의 평가에 대
해, 결국에는 타인이 보는 자신의 평가에 대해 알려주었다.
과연 아이는 이해했을까?

어떤 학부모는 말한다.

- 요즘 애들이 어떤 애들인데요. 선생님 순진하시다.

나야말로 요즘 애들 사이에 놓여 있다. 욕설이 타인에게 어떤 영향을 주는지 알려줘야 한다. 말에는 많은 의미가 담겨 있다. 아이는 어른들을 보고 자란다. 아이가 처한 환경이 순식간에 선명해진다.

아이들이 배우는 신조어나 욕설의 경우, 매체에서 노출된 것이 대부분이다. 마냥 순진해 보이는 애들이 '선생님, 아편전쟁 때, 중국 조졌잖아요'라는 표현을 쓴다.

최근에 아이들은 지린다, 라는 표현도 종종 쓰는 것 같다. 어떤 선생님이 이런 표현을 두고 "지린다는 오줌을 지린다, 할 때 쓰는 말인데, 진수, 너 오줌 지렸어?"라고 답해줬다고 한다.

하루는 아이가 승강기에서 시원하게 욕을 하는 걸 보고 타 부모가 대차게 컴플레인을 건 적이 있다. 수업 이후의 행동까지는 터치할 수 없다. 다만 그 아이가 어떤 욕을 했을까? 욕은 상상으로 만들어진 게 아니지 않나. 한편으로는 그 아이가 알아들을 수 있게 설명해야 한다는 것에 난감함을 느낀다.

그들은 대부분 "선생님, 그럼 몰래 해도 돼요? 화장실에 숨어서 하는 건 돼요?" 정도의 수준으로 사고하기 때문이다.

임금님 귀는 당나귀 귀, 이런 느낌이긴 하지만, 화장실에서도 듣는 사람은 있단다.

아이들이 '니 춰팔러마'를 쓰는 건 고전이다. '그건 저열한 거야'라고 지적하면 '밥 먹었냐는 중국어인데요' 하고 대꾸하며 비실비실 웃는다. 이때는 자신이 어떤 의도로 어떤 행동을 했는지 명확하게 알려줘야 한다.

근데 여기서 '시발점'이 나온다면?

시발점에 대한 반응은 둘이 있다. 욕과 비슷한 단어라 일부러 "쌤, 시발점이 뭐예요?" 하고 묻는 경우. 욕과 비슷한 발음인데 문제에 나와 동공이 흔들리며 뜻을 묻는 경우. 전자의 경우 가볍게 공을 넘기듯 시발 자동차*에 대한 설명까지 해주고 후자의 경우 익살스럽게 "와, 선 넘었다"라고 답해준다.

– 아, 저는 그게 아니라⋯⋯.

당황하는 아이를 두고 웃는 아이들의 모습을 보는 건 그래도 좋은 풍경처럼 느껴진다. 나는 첫출발을 하는 시점을

시발점이라고 말해주고, 우리나라 근대화의 시발점은 언제
부터인지 수업한다. 그래서 우리의 시발점은,

  - 쌤, 그만해요. 기분이 이상해요.
  - 시발점이 왜?
  - 뭔가 아슬아슬하게 발음이 씨와 시 사이란 말이에요.

  아이의 긴장하는 얼굴을 보고 생각한다. 이런 아이들이
나중에는 어떤 욕을 쓰면서 지내게 되는 걸까.

  - 선생님은 욕 써본 적 있으세요?

  어떨 때는 있지, 라고 답하고 어떨 때는 없지, 라고 답한
다. 아이들은 내가 욕하는 모습은 상상도 하지 못하는 듯하
다. 글쎄. 내 욕의 시발점은 뭐였을까.

★   1955년 한국인의 손으로 만든 최초의 자동차가 출시됐다. 바로
     '시발始發'이다. '始發'은 자동차 생산의 시작이라는 의미다. 한글로는
     '시-바ㄹ'로 표기했다고 한다.

저희가 못 듣나 봐요

///

.

반에서 일어난 크고 작은 일, 그중에서도 조금은 사랑스럽고 안타까웠던 일을 선생님들끼리 나누고 있다. 특히 저학년 아이들 사이에서 벌어진 일을 들으면 간질대며 귀엽다는 게 뭔지 알 듯하다.

활기찬 반에 조용한 신입 아이가 들어왔다. 아이는 내용도 곧잘 적고 선생님 말씀도 경청하는 것 같았다. 하지만 막상 읽어보라고 하니까 입을 옹알대며 음 소거 수준으로 읽어내려가 전혀 목소리가 들리지 않았다. 그러자 말 많던 주변 아이들은 아이 주변에서 손으로 소라 모양을 한 채, 조용히 귀 기울이다가 말했다.

– 선생님, 얘, 말하고 있어요. 그런데 저희가 못 듣나 봐요.

선생님들은 모두 감탄했다.

- 역시 남의 반 아이가 예쁘죠.

멀리서 들을 때 좋은 이야기가 있다. 귀여운 이야기가 현실이 되었을 때, 선생들은 몇 번이나 고꾸라지는 심정으로 앉아 있게 된다.

- 최근에 제가 별의 역행 현상에 대해 말해줬거든요.
  그런데 애가 뭐라고 썼는지 아세요?

그가 공책을 들여다보면서 말했다.

- 별의 역주행이래.

저마다 또 웃었다. 아무래도 아이들이 보는 걸 어른들이 못 보나 보다.

홍학
///////////

- 아이들의 좋은 점만 쓰지 않았으면 좋겠어.

학원 종사자인 친구는 이 말을 덧붙였다. 그는 다른 일터에서 저학년 위주로 수업을 진행했다. 2학년 다르고, 3학년 다르고, 아이들의 1년이 얼마나 크게 작동하는지, 학부모들이 세계는 어떻게 확장하는지 몸으로 체감할 때가 많았다. 아이들의 삶과 밀착되어 있으면서 객관적인 시선을 유지하기란 어렵다. "애가 악해요." 이런 말도 종종 듣는다. 그럴 때면 사람 사는 게 그렇지 싶다가도 모든 책임은 어른에게 돌아와야 한다고 느낀다. 결국 근본적으로 어떤 선생이 되어야 하는가, 라는 질문이다. 어떤 작가가 되어야 하는지에 대한 이야기. 홍학의 이야기가 떠오른 건 그다음이다.

열 살 무렵, 나는 발표를 하기 싫어하던 아이였다. 가슴이 두근거려 최대한 선생님과 눈맞춤을 하고 눈으로 호소하던 타입이었다. 그러던 어느 날, 선생님이 질문을 하나 던졌다.

 – 왜 홍학은 한 발로 서 있을까?

아이들이 모두 손을 들고 일어나고 흡사 광란의 상태로 바뀌었다. 나는 이 어려운 문제를 모두가 알고 있다는 게 신기했다. 다행히 최근에 책에서 읽은 부분이 떠올라 손을 번쩍 들었다. 수많은 아이들 사이에서 내가 뽑혔다. 모두가 나를 부러워했다. 나는 작은 목소리로 조금 또렷하게 말했다.

 – 한 발로 서 있을 때 두 발보다는 체온 유지가
   가능하니까요.

선생님은 당황스러운 표정을 지으며 큰 목소리로 대답했다.

 – 정답. 안 그러면 넘어지겠지?

난센스 문제였다. 최근 과학 잡지에서 봤던 홍학의 체온 유지에 대한 이야기가 아니었다. 다들 선생님이 '정답'이라고 크게 외친 것에 파묻혀 내가 말한 것은 기억하지 못했다.

아이들이 그날따라 다 손을 들 수 있었던 이유, 모두가 신이 나 있었던 이유, 분위기를 깨는 답을 했을 때 마치 그 답인 것처럼 모두의 시선을 거둬준 이유. 그날의 장면이 선명하다. 과거의 우리는 잘한 걸까?

나는 선생의 역할에 대해 생각한다. 아이가 저 대답을 한다면 아이의 말이 정답이 되는 순간을 말해줄 것이다. 맥락을 파악하는 바도 알려줄 것이다. 그때 몇몇 아이들은 그건 정답이 아니죠, 라고 단호하게 말할지도 모르겠다.

선생은 수업을 진행해야 하고. 아이들은 떠들어야 하고. 몇몇 이들은 떠들기 위해서 수업에 온다고 자랑스럽게 말하고 있고. 이 속에서 서로에게 시간을 준다는 건 어려워 보인다. 그 속에 우리가 발견해야 할 태도가 있다.

이제 머물러야만 알 수 있는 게 있어 지금의 나는 다시 홍학을 생각한다. 또렷하게 보자. 직면하자. 진흙 속에 파묻힌 홍학의 물갈퀴를 떠올릴 때, 아이들의 목소리에 파묻혀 의자에 앉던 모든 감각이 오소소 일어나고 있다.

선생은 수업을 진행해야 하고.

아이들은 떠들어야 하고.

몇몇 이들은 떠들기 위해서 수업에 온다고

자랑스럽게 말하고.

이 속에서 서로에게 시간을 준다는 건 어려워 보인다.

그 속에 우리가 발견해야 할 태도가 있다.

우리 시대의 문학적 상상력

저학년일수록 종말, 핵, 총 이 세 단어를 좋아하고 언제든지 마지막을 기다리는 사람처럼 신을 부정하기도 한다. 오늘도 어떻게 증명할 수 있는지, 없다고 증명할 수 있는지 질문이 오간다. 하지만 오늘은 과학에 대한 책을 읽고 수업을 하는 날이니, 결국 딴짓을 하고 싶을 때 창의력은 증폭이 된다는 하나의 장면을 보여준 셈이다. 이들은 아마겟돈이라는 단어는 모르지만 머지않아 환경으로 인해, 공장식 축산을 만든 인류로 인해 세계가 멸망할 것이라는 생각을 확고히 갖고 있다.

여기에 신이 있나요? 이 질문은 만약 신이 있다면 신은 사람들을 이렇게 놔두지 않았을 것이라는 열 살짜리의 말이기도 하다. 이 물음이 제법 설득력 있게 들린 이유는 그날 우리가 마스크를 끼고 있었고 신종 코로나 바이러스 감염

확진자가 속보로 올라왔고, 미국 독감의 사망자 수가 급격히 증가하고 있던 시기였기 때문이다. 신종 코로나 바이러스의 중간 숙주가 천산갑인지 아르마딜로인지, 어떤 정보를 감추고 있는지에 대해 모두 말하고 있는 날에도 우리는 앉아서 수업했다.

요즘 어린 친구들은 어릴 때부터 과학을 배우고 철학을 배우고 문학을 배우고, 그들은 또래를 통해 유튜브도 배운다. 지금은 신의 증명까지 말하고 있지만 결국에는 교재와는 상관없는 말로 떠들고 싶다는 표현이기도 하다. 그는 신이 있다면 자신이 매일 아침에 일어나 엎드려 절하고 자기가 먼 길을 떠나 신선한 물을 한 잔씩 바치겠다고 말하며 과장스럽게 창문을 향해 절을 한다. 그는 어째서 물을 선택했고 굳이 창문을 향해 절을 한 걸까. 그는 신이 창문 너머에 있다고 무의식적으로 생각했을까? 그에게 신이 없다고 증명해볼 수 있겠냐고 물으면 그는 다시 수업에 집중할 것이다.

고대의 사람들이 개기일식을 두고 커다란 괴물이 해를 삼켰다가 토하는 과정이라고 믿었음을 알려준다. 이 내용을 들으면 그들은 비실재물에 대한 의심을 거두고 괴물의 크기 혹은 입의 크기를 구체적으로 생각한다. 아까까지 신에 대해 논하던 애들이 맞는지 싶을 만큼 그들은 구체적으로 상상한다. 태양의 온도가 얼마나 되는지, 그 뜨거운 걸 삼킬 수 있는 식도가 있는지, 토한 것인지, 배설한 것인지 그들은 자기 경험과 지식이 뒤섞인 초월적인 세계를 펼쳐낸다. 상상력과 감성으로 이루어진 형태가 재잘댄다. 그러나 이들 사이에서 진지한 표정으로 말하는 친구도 있다.

– 옛날 사람들 참 멍청했네요.

그 당시에 사람들은 왜 그런 말을 믿었을까? 이 아이들은 120세 시대에 살고 있으니까 앞으로 12배만 더 살면 비슷한 말을 본인들이 들을지도 모른다. 시대의 시선을 고려해보는 건 의외로 즐거운 일이다. 인류가 반복되고 있다는 증거처럼 들리기도 한다. 그러니까 그때의 우리는 왜 믿었고 지금은 다르게 생각하는 걸까?

아무리 똑똑해진 아이들이라 하더라도 어른들이 내준다는 숙제는 엇비슷하다. 그중에서 반복되는 주된 내용이 있다면 바로 꿈을 주제로 한 페이지의 글을 쓰라는 것이다. 보통은 직업을 꿈이라고 적어오지만, 자신이 원하는 어떤 과정이어도 괜찮다고 귀띔해주면 글의 결은 달라진다.

어떤 친구는 자신의 꿈이 구름이라고 적었다. 이 친구는 자신은 처음에는 물이었다가 훗날 구름이 되어 지구가 멸망할 때까지 유유히 떠다니는 게 꿈이라고 적었다. 그러나 약간의 이성적 판단이 들어갔는지 전문 직종을 하나 쓱 넣고 다시 그 일을 했다가도 하늘에서 쉬고 싶다고 말했다. 나는 이것이 문학적 상상력이라고 느끼는데 안타깝게도 이런 친구들은 자신이 이런 꿈을 적었다는 사실조차 잊을 때가 많다. 글이 인상 깊었다고 말하면 "제가 그런 글을 썼단 말이에요?" 하고 묻는 게 대부분이다.

이들은 시대에 맞게 속담을 바꾸는 것도 잘한다. 예를 들어 '암탉이 울면 집안이 망한다'라는 속담을 한 친구는 '암탉이 울면 집안이 판타스틱하다'라고 적었다. '사내대장부가 부엌에 들어가면 고추가 떨어진다'라는 속담은 '사내대장부가 부엌에 들어가면 좋다'로 바뀌어 있었다. 특히 나를 웃게했던 건 좋다, 부분인데 아직은 글씨가 정돈되지 않아서 '좋다'만 크게 강조된 것처럼 보였기 때문이다.

여러분이 이런 친구들에게 문제를 내본다고 하자.

1950년대 호주에서 급격하게 늘어난 토끼를 제거하기 위해 사람들은 믹소마 바이러스를 살포했습니다. 토끼의 99퍼센트를 죽이고 수를 줄였다고 좋아했지만 살아남은 일부 토끼들이 바이러스에 내성이 생기면서 더 빠른 속도로 늘어

납니다. 이 사건을 통해 배울 수 있는 교훈을 적어보세요.

몇몇 친구들이 내게 좋은 답을 주었다. 한 친구는 정답으로 '토끼처럼 살자'라고 적어두었다.

나는 다시 생존을 앞에 두고 이야기한다. 어디에서 어떤 일로, 자신들이 어떤 일을 벌인 줄도 모른 채 놓여 있는 생명체.

그래서 우리는 더 많은 이야기를 듣고 싶어 한다. 어린 친구들이 귀하게 여기는 쉬는 시간까지 미룰 수 있는 건 오로지 이야기를 생산할 때만 가능하다. "조금 커서 들어. 대략 십 년 후?" 내가 말을 안 하려 할 때.

그들이 눈을 떼지 못하고 더 이상 질문도 하지 않고 집중한다. 이 친구들은 창의적이고 그들의 질문은 뛰어나지만 자신의 사유가 굉장히 아름다웠음을 인지하지 못한 채 자랄 것이다. 그러나 누군가는 그것을 쓸 것이다. 매우 즐겁고, 때로는 아픈 이야기를.

이런 시간을 공유한 것을 기록하면서 바이러스의 이동 경로나, 해의 움직임이나, 토끼의 생존력이나, 신의 존재 유무에 대한 열 살짜리를 위한 답변 혹은 내가 쉬는 시간에 저 멀리 화성에서 감자를 심고 있을 우주인을 떠올렸다. 그리고 이 글을 쓰는 며칠 사이에 봉준호 감독의 〈기생충〉이 오스

카에서 4관왕을 했다는 소식까지 접했다. 상상을 뛰어넘는 일들이 벌어지는 세계에서, 이 경험을 공유한다. 지금의 내가 쓸 수 있는 것이라서.

아무리 똑똑해진 아이들이라 하더라도

어른들이 내준다는 숙제는 엇비슷하다.

그중에서 반복되는 주된 내용이 있다면

바로 꿈을 주제로 한 페이지의 글을 쓰라는 것이다.

보통은 직업을 꿈이라고 적어오지만,

자신이 원하는 어떤 과정이어도 괜찮다고

귀띔을 해주면

글의 결은 달라진다.

어린 친구의 고백

직장 동료의 딸이 쓴 글이었다.

- 마음속에 아름다움이 가득 차서 세상이 아름다워요.

가끔 세상이 아이들의 형상으로 가득 찰 때가 있다. 마음속에서 아이들이 시끌벅적 살고 있는 걸까.

카펫은 잘 지내요?

꿈에서 아이들이 등장했다. 오랜 비대면 수업에 지친 나의 뇌가 아이들을 꿈으로 불러온 모양이었다. 정원은 나를 보자마자 "선생님! 너무 보고 싶었어요!" 하며 두 손을 모으고 크게 소리 질렀다. 시훈은 "쌤, 저 다쳤어요" 하며 깁스를 한 발을 아무렇지 않게 보여주었다.

  – 언제 또 다쳤어. 뭐하다가?

내가 물어보고 있어도 정원은 "맞다. 엄마가 선생님한테 할 말이 있다고 했는데"라는 의미심장한 말을 건네고는 잊었다는 표정을 지었다. 저 멀리서 범준이 킥보드를 타고 달려온다. 세 명의 학생들을 봤을 뿐인데 벌써 나는 지쳐 있었다. 그들은 언제나 에너지가 넘치고 힘이 없었을 때도 수업을 통해 회복하고 간다. 이게 묘한 일인데, 내가 힘이 빠질수록 그들이 즐겁다는 점이다. 하루는 물어본 적이 있다.

 - 너희는 언제 힘이 없니?
 - 저희는 여기서는 늘 100퍼센트예요. 수학 학원은
   60퍼센트이고요.
 - 줄어들고 늘어나는 게 아니라 할당량이 있는 거였어?

그들이 배시시 웃었다. 아이들의 에너지가 차 있는 걸 보는 건 좋다. 꿈에서도 그들은 변함이 없었다. 그리움이라는 감정이 이 정도로 시끌벅적하던가.

비대면 수업에서는 음 소거라는 기능이 있어 아이들의 잡담을 끊을 수 있다. 보통은 떠들기 좋아하는 아이들도 스스로 음 소거를 하는 경우도 많다. 대부분 부모가 옆에서 듣거나 보고 있는 경우가 많기 때문이다.

 - 강우야, 오늘은 왜 이렇게 기운 없어?

내가 물었더니 강우는 채팅창을 통해 대답했다.

– 쌤, 저 거실. 옆에 엄마 있어요. ㅠㅠㅠㅠㅠ

　나는 강우를 위해 중요한 부분을 소리 내어 읽게 해줬다. 강우가 수업에 잘 참여하고 있음을 알려준 것이다. 강우가 밝아진 건 쉬는 시간 이후였다. 엄마가 외출을 해서 지금은 괜찮다는 말도 넌지시 알려주었다. 강우는 다시 몸을 흔들대면서 춤을 추고 좋은 질문을 했다. 아이는 그게 좋은 질문이라는 사실을 모를 것이다. 아이의 수업 태도가 어른들의 기준에 부합하기는 어렵다. 우리 아이가 좋은 질문을 할지라도 저기 반듯하게 앉아 근사한 문장을 쓰는 몇몇 친구들이 유독 눈에 들어오는 건 어쩔 수 없으니 말이다.

　– 선생님, 수업 때 보여준 그 글 있잖아요. 우리 강우가 그
　　정도 쓰면 얼마나 좋을까요.

　줌 수업은 참관 수업이 아니다. 보이지 않는 사각지대에서 강우와 나의 수업을 지켜봤다는 사실을 부모가 고백한 셈이다. 나는 강우가 지킬 순차나 평소 태도에 대해서 상담한다. 아이들이 자연스럽게 수업에 임할 수 있도록, 부모에게 자리를 비켜주길 권하기도 한다. 하지만 아이들의 옆에, 뒤에

부모들의 시선이 있음을 인지한다.

– 선생님, 카펫은 잘 지내요?

비대면 수업이 끝나고 다시 만났을 때 아이들이 물었다. 우리가 줌 수업을 하기 전, 몇 달 전의 일이다. 나는 아이들이 들고 있는 우산을 보고 밖에 비가 오는지를 확인할 수 있었다. 강의실에서만 있으면 비가 오는지, 눈이 오는지, 전쟁이 났는지, 아무것도 모른 채 삶의 한 부분에서 차단되어 있을 때가 많다. 그들은 갑자기 비가 쏟아졌다며 툴툴댔다.

– 선생님 집 창문 열어놓고 왔는데.

그들의 표정이 한결 밝아졌다. "얼마나요?" "집이 떠내려가나요?" 나는 그들의 젖은 바지와 물이 튀긴 가방을 쳐다보며 말했다.

– 활짝 열어놨어. 옆에 책도 많고.
– 혹시 그 옆에 슈퍼컴퓨터도 있나요? 값비싼 것도 많겠지요?

- 아니야. 그런 건 없어. 근데 거실에 카펫이 깔려 있어서
  그게 다 젖었겠다.

  아이들의 신이 난 모습이 좋았다. 한편으로는 크게 걱정
하지 않았다. 성격 탓이다. 젖으면 젖는 거고. 젖은 책을 떠올
리며 아이들과 수업하는 날도 있는 거니까. 하지만 그렇게 보
낸 날을 잊었어도 아이들은 기억했다. 간만에 만나 가장 먼
저 안부를 묻는 게 카펫이라니. 기억을 더듬어 카펫의 안부
를 전해주었다.

줌 수업은 참관 수업이 아니다.

보이지 않는 사각지대에서 아이와 나의 수업을

지켜봤다는 사실을 부모가 고백한 셈이다.

나는 아이가 지킬 순차나

평소 태도에 대해서 상담한다.

아이들이 자연스럽게 수업에 임할 수 있도록,

부모에게 자리를 비켜주길 권하기도 한다.

하지만 아이들의 옆에, 뒤에

부모들의 시선이 있음을 인지한다.

선생님! 슈퍼 돼지!

새로운 아이들을 만나면 자기소개를 한다. 정확히는 아이가 말할 수 있는 기회를 주는 것이다. 먼저 내 이름을 적는다. 김 소 형. 몇몇 아이들이 움찔댄다. "선생님, 소현 아니었어요?" "선생님, 거짓말이죠?" 그들은 내 이름을 두고 이렇게 우긴다.

– 선생님, 이름 잘못 적었어요.

나는 아니야, 맞아. 반복하며 뜻을 풀어준다. 내 이름을 아는 학생들이 김 대 형, 이라고 말하면서 웃는다. 나는 어렸을 때도 이름 가지고 놀림 당해본 적이 없다. 아주 어릴 때는 소형 컴퓨터라는 별명을 들어보긴 했지만, 친구들은 내 반응이 재미가 없는지 더는 놀리지 않았다. 그런데 어린 아이들이 나를 '대형'이라고 부르며 좋아하는 것이다.

나는 이야기를 해준다.

– 예전에 어떤 학생이 숙제 노트에 자신의 이름은 마커로
또렷하게 써놓고 아래에는 연필로 꾹꾹 자국만 내서
이름을 적어둔 게 있더라고. 뭔가 했더니 선생님 이름을
'김 대 형'이라고 적었던 거였어.

역시나 아이들은 좋아한다. 나는 밝을 소에, 형통할 형
자를 쓴다고 전해준다. 형통할 형이라는 한자는 어려울 수
있으니 일이 잘 풀리라는 뜻이야, 라고 덧붙여준다. 이름을
적는 것으로 끝나지 않고 밑에 개의 얼굴을 대충 그린다.

– 나는 개를 좋아해.

처음에 개를 그릴 때는 정성껏 그렸고 나중에는 한 번에
쉼 없이 그리니까 더 둥글둥글 어설퍼졌다. 그럴수록 그들은
좋아한다.

– 선생님, 토끼 같아요.

그 말이 나오면 나는 귀와 꼬리를 지우고 "토끼는 귀의 면적이 다르단다" 하며 토끼로 바꾼다. "선생님, 자기복제예요"라는 말이 나오면 "맞아, 다람쥐도 될 수 있어" 하고 슥슥 또 귀와 꼬리를 바꾼다. 그들은 같은 형태에서 다른 동물로 바뀌는 형상을 봐도봐도 즐거워한다.

– 하지만 나는 돼지도 그릴 수 있어.

이제 나는 조금 크고 듬직한 돼지의 형태를 다르게 그려준다. 갑자기 본격적인 그림처럼 그리는 것이다. 거기에는 망토를 두른 모습까지 더한다. 또 망토에는 P라는 단어도 적는다. 아이들은 그 돼지를 '슈퍼 돼지'라고 부른다.

진희는 내가 말하는 자기소개를 3년째 보고 있어서, 거의 다 외웠다. 그래서 언젠가는 진희보고 내 소개를 부탁해야겠다고, 말했던 적도 있다. 그의 좋은 머리와 화술이 돋보일 것이다.

사실 이 소개는 처음 3학년 아이를 일대일로 만났을 때, 호감을 얻기 위해 썼던 방식이다. 어쩌다 보니 시간이 흘러 대부분 아이들에게 해주고 있는데 이들은 중학생이 되어도 슈퍼 돼지를 그려달라고 말한다.

  - 선생님, 저는 선생님 수업 중에 슈퍼 돼지가 가장 인상
    깊었어요.

그림을 왜 그렸는지 기억하냐고 물으니 아이는 "그건 모
르겠네요"라고 짤막하게 대답했다.

나는 새로 온 아이들에게 자기소개를 시킨다. 이름이 뭔
지, 한자 뜻은 아는지, 뭘 좋아하는지. 세 가지가 질문의 포
인트다.
대부분 아이들은 한자 뜻을 모른다. 그러면 "부모님한테
물어보세요"라고 대답하고, 이 대답이 레퍼토리라고 일러준
다. 오래 수업을 들었던 재현은 "쌤! 오늘은 제가 한자 뜻 알
아 왔어요" 하고 호기롭게 말하고는 휴대전화를 꺼냈다. 그
러나 사진을 찍어둔 게 사라진 모양이다. 그는 당황스러운
표정을 지었고 친구들은 뒤에서 장난기 가득한 목소리로 종
알댔다.

  - 있었는데요. 없었습니다.

아이들이 좋아하는 건 다양하다.

- 저도 개가 좋아요. 저는 고양이. 저는 다 좋아요. 저는
  거북이가 좋아요. 저는 BTS.

관심 없다는 듯 무뚝뚝하게 있던 여학생이 갑자기 고개를 든다. 'BTS'라는 단어에 반응한 것이다. 마찬가지다. 새로운 아이가 와도 신경도 쓰지 않던 남학생이 "저는 게임을 좋아해요. 특히 배틀 그라운드랑……"이라는 말을 듣자 그 친구의 얼굴을 한 번 쳐다보고는 인정한다는 듯이 고개를 느리게 끄덕인다. 한 학생은 수줍게 "감자조림이요"라고 답했다.

한 번은 새로운 친구가 오자마자 아이들이 웅성대며 나를 향해 외쳤다.

- 선생님, 슈퍼 돼지!

그날 처음 온 학생이 있었기에 정확한 설명이 필요했다.

- 상현아, 설명을 더 해줘. 선생님, 슈퍼 돼지 그려주세요.

라고 말을 해야 옆에 친구가 오해를 안 하잖아.

상현은 의아한 표정을 지었다.

- 선생님이 몸집이 거대했어 봐. 내가 몸이 작아서
  다행이지. 안 그러면 저 학생은 '와~ 이 반은 버릇이
  진짜 없다. 선생님께 슈퍼 돼지래' 했을 거 아니야.

애들은 역시 신나게 웃었다.

- 진짜로 오해한다니까. 선생님! 슈퍼 돼지! 말고 정확히
  표현해줘.

아이들이 생략한 단어에서 그들은 서로를 오해하고 전
달한다. 나는 그것을 알기에 하나씩 정정하고 설명하는 일
을 자처한다.

새로운 친구가 물었다.

- 근데 이건 왜 하는 거야?

상현은 긴 설명을 하려다가 귀찮다는 듯 대답했다.

- 우리 반 전통이야.

어느새 전통으로 인정받은 건가. 아이들이 건네는 장난을 받으면서, 서로 이름을 부를 때. 칠판에 그려진 돼지는 홀쭉해졌다가, 때로는 통통해지며 자신의 역사를 그리고 있을 것이다.

신은 죽였다

석훈은 '신은 죽였다 선언'이라는 숙제를 제출했다. 나약한 인간이 스스로 가치 있는 삶을 창조하기 위한 책임에 대한 논의는 흥미로웠으나 '죽었다'가 아닌 '죽였다'라는 뜻은 새로운 이야기를 만들기에 충분했다. 그는 니체의 이름도 '나체'라고 적었다. 이쯤 되면 새로운 논의가 필요했다.

나는 나체를 동그라미 쳐서 니체로 수정하고 맞춤법을 신경 쓰면 좋겠다, 하고 최대한 건조하게 적었다. 신이 있다면 이 세상을 이렇게 두지 않았을 거예요, 라는 아이들의 말이 떠올랐다. 우리는 그 말 이후로도 오래 마스크를 쓴 채 살고 있다. 최근 아이들은 옛날에는, 옛날 옛적에는, 같은 표현을 자주 쓴다. 그들에게 옛날은 보통 대여섯 살의 이야기지만 이제는 코로나19 이전과 이후를 뜻하는 것일 수도 있겠다.

사회 문제를 다뤄보라는 문제가 나올 때면, 아이들은 멀리서 대상을 찾는다. 그럴 때면 나는 지금 우리가 겪는 복합적인 문제 역시 사회 문제가 될 수 있음을 말해준다. 아이들의 이야기를 듣는다. 아이들은 내게 말하기 위해 어른들의 자료를 조사해온다. 어디선가 오류가 생긴다. 그들이 근사하게 말할수록 니체가 나체로 바뀌는 식의 오류가 반복된다.

때로는 지루하게 어른들의 이야기를 대신 전달해주는 아이들의 발표를 듣는다. 뻔한 이야기가 반복된다. 그때마다 이런 지루함 속에서 신이 죽었거나 죽였거나를 반복한 게 아닌가 생각한다. 작은 생명체를 보면서 신을 떠올린다는 게, 이 강의실에서 할 수 있는 가장 큰 일탈 같다.

쉬는 시간 이후, 강의실에 들어서자 칠판 구석에 그려진 스틱맨*이 보인다. 아이들이 숨겨둔 그림이다. 그들은 칠판 구석에 몰래 사람의 형상을 숨겨두길 좋아한다. 나는 가장자리에 놓인 동그란 얼굴과 막대 몸통을 검지로 슥 지운다. 그때 희준이 말했다.

– 선생님이 마르크스를 죽였어요.

– 내가 마르크스를 죽였어?

아이들이 고개를 끄덕였다. 최근에 배운 마르크스를 이렇게 써먹다니 반칙이다. 나는 이름을 기억하는 아이들의 얼굴을 본다. 아직 왼쪽 가장자리에 지워지지 않은 스틱맨이 한 명 더 있다. 나는 그를 지우기 전에 이름을 물어본다.

– 얘는 이름이 뭔데?
– 밀이요.
– 밀?
– 존 스튜어트 밀**이요.

아이는 그 말을 끝내고는 청량하게 웃는다. 나는 존 스튜어트 밀은 남겨두기로 한다. 누군가 수업을 듣다가 궁금해져서 지울 것이다. 그때 그는 자신이 어떤 인물을 사라지게 했는 줄 알까. 이 강의실에서 우리는 마르크스를, 밀을 지울 수 있다. 문득 아무것도 죽여서는 안 된다고, 개미를 죽이면 개미의 우주를 죽이는 거라는 시인의 말이 떠오른다. 우리의 우주가 강의실 천장에 몽글하게 맺혀 있다.

타인이 존재하는 이유

오늘자 코로나 감염자 수는 수도권 지역만 990*명이었다. 나는 학원 종사자에 해당하여 우선순위로 백신 접종을 신청할 수 있었다. 모든 단계가 불확실했다. 신청한 사람이 다 맞는다는 보장이 없었다. 날짜도 미정이었다. 학원 종사자의 경우 코로나 검사를 8월 말까지 다 받으라 했다. 내 마음도 모르고 아이들은 해맑게 인사했다.

– 쌤, 2차가 더 아프대요.

먼 길을 떠나는 사람을 배웅하듯 그들이 느리게 손을 흔들어주었다. 겁을 주는 어린 얼굴들.

길거리에는 여전히 턱스크** 행인들이 많다. 흡연한다

고 길거리를 점령하는 자들에게 나는 종종 분노한다. 우리의 일상이 이랬던가. 누적되는 피로감과 불확실한 계획. 정신이 거품이 되어 부서지고 있었다.

— 엄마들은 매일 무너져요. 제정신인 사람이 여기
  어딨어요?

학교에서 확진자가 발생하면 엄마는 회사에 있든, 화장실에 있든 아이를 데리러 뛰어나가야 한다. 전시 상황인 것이다. 아이가 불안하게 혼자 학교에 남아 있는 모습을 엄마의 마음이 되어 상상해보라.

나의 아이가 바이러스에 노출되어 학교에 있다면. 어떤 일이든 멈춰야 하나. 만약 즉시 아이에게 가지 않고 자기 일을 계속한다면 엄마의 자격은 박탈이 되나.

가상의 아이를 생각한다. 아이는 "엄마, 그때 나만 혼자였어"라는 말을 태연하게 내뱉는다. 나는 가상의 아이에게 다가가 말을 건네고 싶다.

— 너만 그랬다는 말. 그게 가장 무서운 말인 거. 너 알고
  있었지?

할머니 손에 자라는 아이들도 많다. 손자와 손녀를 돌보는 삶. 그나마 그게 가능한 집은 사정이 좋은 것이라 한다.

이 시기에 노트북이 없는 집은 어떻게 되나. 예를 들어 온라인 수업에 참여하고 싶은데 아이 혼자 있어 접속조차 어렵다면? 지원을 받을 수 없다면? 보호자는 출근해야 하는데 아이는 둘이고 그나마 줄 수 있는 휴대전화 기기가 하나라면? 아이들은 여러 대답을 내놓는다.

– 노트북이 없으면 아이패드가 있겠죠.
– 분할 수업 들으면 되죠.
– 동생은 2학년이고 너는 6학년이야. 그럼 누가 수업을 포기해야 해?
– 음, 그럼 당연히 동생이 포기해야죠.

한 아이는 최근 비대면 수업이 증가하며 장애 학우들의 수업 격차가 더욱 심해졌음을 언급했다. 신체적 장애로 집중하는 게 힘든 아이들이 생기고 있음을 우리는 알지만 모른다고 말한다. 방치된 아이들의 이야기가 곳곳에 숨겨져 있다는 사실을.

가끔 이 세계가 공동육아의 집단이 되었으면 한다. 하지만 지금 내가 맡은 학생들만 해도 80명이다. 부모의 분노를 가깝게 느낄 때, 금세 피로해진다. 어른인 내가 이런 감정에 사로잡힐 때, 아이들은 서로에게 말하고 있다.

- 너 있잖아. 코로나 걸리면.
- 응?
- 나한테 와.
- 뭐?
- 알았지. 혼자 있지 말고. 나한테 와야 해.

　서로에게서 거리를 두고 멀어질 때, 거리를 좁히는 사람들이 있다. 아이들은 가끔 묻는다.

- 왜 철학을 배워요? 철학자들은 왜 이렇게 어려운 말을 해요?
- 너희가 평소에 인간이란 무엇일까. 왜 존재하는가 고민하니.

　내가 다시 물었을 때, 그들은 답했다.

– 쌤, 그건 에바예요. 우리를 과대평가하시네요.

　그런데 나는 쌀을 씻고 샤워하고 자리에 앉아 너희가 한
말을 생각한다.

　혼자 있지 말고.
나한테 와.

　그렇게 말할 수 있는 타인이 되는 것.
그게 지금 우리가 존재하는 이유 아닐까.

★　　2022년 1월 26일 기준 일일 확진 환자 13,012명, 사망자는 32명이었다.

★★ 마스크를 코까지 덮지 않고 턱에만 걸쳐 쓴 행위.

혼자 있지 말고.

나한테 와.

그렇게 말할 수 있는 타인이 되는 것.

그게 지금 우리가 존재하는 이유 아닐까.

3부

단계적
일상
회복

Living
With
Corona

아니요, 다 좋아요

사랑을 할 때 그랬다. 타인이 나를 깊이 사랑할 때, 그동안 받았던 사랑의 형태가 어떻게 다른지를, 내가 그런 사랑을 받을 수 있는 사람이라는 걸 깨닫는다. 놀랍진 않다. 받아야 아는 것이 있다.

아이들에게 받는 사랑도 그렇다. 나는 아이들과 자주 헤어진다. 떠나는 몇몇 학생에게는 제자라는 뜻으로, 시집을 선물하기도 했다. 정확히는 시를 선물한 게 아니라 물성을 선물했다고 생각한다. 읽거나 읽지 않거나 선물의 형태로 책을 줄 수 있는 건 좋은 일이다.

직장 동료가 내 시집을 읽었다는 아이에게 물었다고 한다.

– 소형 선생님의 어떤 시가 좋았어?

아이는 새로운 선생님과 낯선 상태였다.

– 다 좋았어요.
– 그래도 가장 좋았던 건?
– 아니요. 다 좋아요.

아이의 대답을 전해 들었을 때, 나는 꽤 감동했다. 이럴 땐 헛한 말을 덧붙이거나 농담하기보다는 입을 다무는 게 정답이라 느낀다. 복도에서 아이를 만났을 때 그는 말했다.

– 저 시를 쓰고 싶어요. 시인이 될래요.

내가 누군가에게 깊은 영향을 줄 수 있는 사람임을 깨달았다.

어떤 날에는 이런 질문을 받는다.

– 선생님, 시로 돈 많이 벌어요?

이들은 인세에 대한 관심이 지대하다. 여러 일들을 병행

할 수 있지만 원고를 쓰는 것 자체로는 크게 벌 수 없다고 덧붙인다. 그러면 아이는 다시 묻는다.

– 이 일이 더 벌어요? 시를 쓰는 게 더 벌어요?

돈은 노동을 통해 얻으면 된다고 말해준다. 아이는 다시 의아함에 빠진다.

– 시가 돈이 되지 않으면 때려치우면 되잖아요.

아이의 얼굴은 그저 선하기만 하다. 정말로 이해가 되지 않는 것이다.

질베르 리스트의 『발전은 영원할 것이라는 환상』의 서문에서는 (한국의) "아이들은 노동시장에서 최상의 경쟁자가 되도록 교육받고 자기 착취로 볼 수 있는 과정들을 연마하도록 강요받는다. 아이들 대부분은 어릴 때부터 성공적인 임금 노동자가 되는 것이 삶의 목표인 것처럼 양육된다"라는 분석이 나온다.

아이가 이렇게 공부하는 이유도, 숙제를 하는 것도, 결국에는 부자가 되기 위함이라고 믿고 있는 저 귀여운 얼굴에게 나는 말해준다.

　－ 선생님은 너희랑 수업하는 게 좋아. 즐거워. 이 일을
　　좋아해서 하는 거란다.

　　아이들은 이럴 때 왜 감동하는 표정을 짓는지 모르겠다. 내가 너를 좋아한다는 말에, 아이들의 작은 마음이 움직인다. "마찬가지야. 선생님은 쓰는 게 좋아. 그래서 하는 거야." 아이는 더 이상 묻지 않는다. 충분한 대답이었을까. 너희랑 있는 게 좋다는 말에 움직인 그 얼굴은, 내가 '다 좋아요'라는 말을 들었을 때의 표정과 겹칠 것이다.

　　때로는 항의를 받고 헤어진다. 대부분은 승급 때문이다. "우리 아이가 왜 승급을 못했죠?" 사실 이유를 대라면 어떤 말이 든 댈 수 있다. 하지만 승급을 못했기 때문에, 아이는 다시 나오지 않는다.

　－ 선생님, 왜 연지는 안 왔어요?

- 사정이 있어서 더는 못 나온대.

　그들은 사정이라는 게 보통 교통사고나, 드라마틱한 연애 때문이라고 생각한다. 이어지는 이야기를 멈추고 우리는 수업을 한다. 새로 온 지 얼마 안 된 여자 친구는 처음에는 샐쭉하게 있어서 걱정했지만 알고 보니 수다쟁이였고 참여도 잘했다.

　그 아이는 부끄러워하면서 "이게 전부 연지 덕분이에요. 그 애가 있어서 제가 잘 적응할 수 있었어요"라고 대답한다. 부모는 연지가 어떤 역할을 하고 친구에게 어떤 영향을 주는지 모를 수 있다. 하지만 친구는 안다. 나도 안다. "그래, 연지를 기억하자"라고 말하자 뒤에 아이가 "쌤, 그러지 마세요. 꼭 죽은 거 같잖아요" 하며 어색해한다. 뒤에서 누군가 말한다. "우리 모두 연지를 잊지 말자." "야! 그러지 마. 정말 죽은 사람한테 하는 말 같잖아." 우리는 다시 웃고 질문과 답을 이어간다. 연지의 사랑스러움이 좋았다. 승급으로는 사랑스러움을 증명할 수 없다.

- 선생님, 저는 3년이나 다녔는데 왜 승급을 못 했을까요?

아이의 고민을 이해 못하는 건 아니다. 그들에게 승급은 중요하다. 단기적인 목표로 잡기 쉬우니까. 자신의 목표가 있으면 책임감도 늘어나고 구성원이 바뀌면 다시 배우게 되는, 결국에는 사회의 축소판 같다.

물론 아이들을 성장하게 하는 것은 선생의 입장에서도 중요하다. 학부모가 원하는 게 뭔지 가르치는 입장에서 모를 리 없다. 다만 4학년 아이들이 "나 최고 반을 갈 수 있었는데, 그건 싫어서 안 가겠다고 했어." 정수기를 옆에 두고 담소를 나누는 모습을 보는 건 역시 어른 입장에서 좀 슬프다.

하루는 2학년 학생들의 수업 모습을 본 적이 있다. 복도를 지나가다가 어디선가 서러운 아이의 울음소리가 들렸다. 정말이지 서러운 소리였다. 싸웠거나 다쳤을 때의 울음이 아니었다. 이유는 간단했다.

– 엄마가 보고 싶어서.

고작 50분이었지만 아이는 엄마와 이렇게 오래 떨어져 있어 본 적이 없었던 것이다. 코로나 이후에는 더욱 그렇다.

아이들이 학교에서 배울 만한 단체생활을 할 수 없었고, 연필을 제대로 쥐고 앉아 있는 걸 배우지도 못했다. 유치원 때처럼 낮잠 시간이 있는 것도 아니다. 만약 이런 시대가 아니라면 우는 아이에게 간식거리를 챙겨줬을지도 모를 일이다. 학교생활을 경험하지 못한 이 아이들은 이제 곧 3학년이 된다.

복도 끝에 아이의 엄마가 서 있는 것을 보았다. 엄마는 가방을 가슴에 끌어안고 죄인처럼, 서 있었다.

아이는 엄마가 복도에 있는 줄 모를 것이다. 성인이 된 날에도 모를 것이다. 그러나 나는 안다. 아이의 눈에서 벗어나 긴 복도에 서 있는 엄마의 시간을. 쉬는 시간이 되었을 때, 다시 그 복도로 지나가면서 아까까지 서럽게 울던 아이를 보았다. 아이는 세상 편한 얼굴로 친구를 사귀고 웃고 있었다. 낯선 곳에서 또래 친구들을 만나 어색했던 것도 잠시였다. 그는 놀라울 만큼 행복해 보였다.

아이들은 놀랍게도 커 있다. 쑥쑥 자라나는 뿔*처럼, 나는 그 뿔들을 유심히 지켜봐주는 사람인 것이다. 때로는 어른들의 인사보다도 더 정중하게 그들이 인사한다. 그 인사를

보면서 묵직한 진심을 느낀다. 진심이라는 게 뭐겠는가. 새삼
무서운 말, 너희들이 그래도 좋더라, 말할 수 있는 것 아닐까.

★ 니코스 카잔차키스의 장편소설 『그리스인 조르바』에서 등장하는
   꼬마가 하는 말. "오그레 삼촌, 나는 쑥쑥 자라나는 뿔이에요. 그게 참
   기뻐요."

아이들은 놀랍게도 커 있다.

쑥쑥 자라나는 뿔처럼,

나는 그 뿔들을 유심히 지켜봐주는 사람이다.

때로는 어른들의 인사보다도

더 정중하게 그들이 인사한다.

그 인사를 보면서 묵직한 진심을 느낀다.

진심이라는 게 뭐겠는가. 새삼 무서운 말,

너희들이 그래도 좋더라, 말할 수 있는 것 아닐까.

머리하는 날

현준의 머리가 말끔해졌다. 아무도 알아보지 못하는 미세한 차이를 알아보는 게 좋다. 안경을 쓴 현준은 언제나 눈썹을 드러내는 정도로 앞머리를 유지한다. 조금 더 짧아진 앞머리와 간격을 맞춘 머리가 뚜껑에 달린 가느다란 실처럼 흔들린다. 삐죽 눌린 머리카락과 비뚤어진 안경이 합을 맞춘다.

– 머리했네?

언제나 이런 말을 하면 아이들은 전혀 모르겠다는 듯이 쳐다본다. 뒤이어 들어오는 재혁의 머리도 짧아졌고, 승우의 머리도 짧아졌고, 마치 이게 우리의 인사인 양,

167

– 머리했네?

말하고 있다. 아이들은 무덤덤하게 말한다.

– 명절이잖아요.

작년에는 랜선 명절을 보냈던 아이들이다. 멀리 떠났던 이들도 있었지만, 대부분 간단하게 식사하고 집에서 보냈다고 들었다. 코로나 확진자 수는 만 명을 넘었다. 지금은 2만 명을 넘었다. 하지만 이제는 만나야 하는 시기가 온 것이다.

아이들은 구정을 말할 때, 이따금 "추석이잖아요"라고 말한다. 그러다가 화들짝 놀란다. 오래된 설을 이해하는 게 아직은 어려운 나이다. 모든 게 처음이고 모든 게 새로운 이 시대에서 그들은 여전히 놀라고 있다.

아이들의 머리를 다듬고 분주하게 전을 부치거나 사거나 하고 있을 부모의 모습이 떠오른다. 머리가 말끔해져도 사실 어딘가 깔끔하기보다는 어색해 보이기도 한다. 머리는 일주일 전에 잘라둬야 가장 아이들의 얼굴에 맞게 길이 드는 것 같다.

　- 선생님, 얘 이름이 뭐예요?

　재혁은 매번 친구의 이름을 모른다. 우리는 이 반에서 2년 정도를 함께 보냈지만, 이름이 도무지 기억나지 않는다고한다. 그는 친구를 앞에 두고 마치 처음 봤다는 듯이 내게 묻는다. 그의 머쓱함이 느껴진다. 나는 친구에게 묻는다.

　- 너는 쟤 이름 알아?
　- 장재혁이요.
　- 선생님, 그러면 제가 뭐가 돼요.

　재혁의 당황스러운 표정을 보는 게 즐겁다. 그러나 분명재혁은 내 이름도 모를 것이다. 예전에 한 번 선생님 이름은기억하냐고 물었더니 그의 동공이 흔들렸다. 몰래 적어보라고 시켰더니, 그는 다른 선생님 이름 석 자를 떡하니 적으며되레 이 분은 또 누구냐고 되물었다.

　그러나 재혁이 오고, 현준이 오고, 승우가 오고, 그들의 앞머리가 짧아진 것을 알면서 서로에 대해 적당히 모르고 있음을 알게 된다. 나는 아이들의 이름을 종종 잊고 덮는다. 하지만 그의 머리가 말끔해지는 날이 언제인지, 그들의 머리를 자르기 위해 분주해지는 부모들은 어떤 심정인지 아는 사람이다.

우리 애만 안 하는 건 좀 그래요

유전자 쇼핑으로 아이를 낳을 수 있다면, 인류는 어떤 선택을 할 것인가. 우리는 손쉽게 장애의 유무를 확인하고 유전병을 제거하고 탈모를 없앨 수 있다. 나는 가끔 아이들이 어떤 선택을 할지 궁금하다. 유전자 쇼핑이 가능해진 미래를 떠올린다. 사회적 합의와 제도, 개인의 의식이 열려 있는 사회를 생각해보지만 가늠되지 않는 건 멈추는 편이 낫다. 어떤 상상은 멈추는 것이 더 도덕적이다.

아이들은 저마다 인간답게 살고 싶다고 말했다. 완전하지 못하기에 완전함을 추구하는 인간에 대해. 그들은 종종 철학적인 말을 하다가도, 다시 마음을 바꿔 이 시대에 맞는 대답을 한다.

 – 그래도 우리 애만 안 하는 건 좀 그래요.

현우의 말에 모두가 술렁인다. 분위기를 파악하겠다는 것이다. 그 시대에 모두가 그런 선택으로 아이를 낳는다면, 본인도 같은 선택을 할 것 같다는 말에 아이들은 고개를 끄덕인다. 진희는 말했다.

- 저 살기도 바쁜데, 자식한테 돈 아까워서 못 해요.

열두 살짜리 아이들이 무슨 대답을 하고 있나. 뜨거운 토론이 벌어진다. 저마다 비용을 계산한다. 빈부 격차가 심화되고 사람들이 낙오된 미래가 펼쳐진다. 나는 아이들의 이야기를 듣다가 물었다.

- 우리는 이미 태어났으니까 불가능하다는 건 알지?

아무리 경쟁해도 이길 수 없는 인류를 선택해놓은 아이들이 흔들린다. 갑자기 저 멀리서 반대 의견을 내놓는다. 적어도 자신들이 이길 수 없는 인류는 원하지 않는 것이다. 자신의 아이는 유전자 쇼핑을 해줄지라도, 인간답게 살아가기를 원하는 아이들의 의견 속에서 나는 공상을 멈추고 앉아 있었다.

선생님, 결혼하셨어요?

아이들은 종종 말한다.

- 선생님, 나이가 어떻게 돼요?
- 무슨 띠인지 알려주세요(정작 본인은 친구들과 같은 동물 띠라는 사실에 놀란다).
- 결혼하셨어요?
- 아이 있으세요?
- 우리 엄마, 갱년기인가 봐요.
- 선생님들은 자기 나이가 백 살이래요. 다들 같은 대답을 하세요.

아이들은 나의 반응을 지켜본다. 나는 모든 선생님의 나이가 왜 백 살이 되었는지 설명해준다. 왜 그런 대답이 나왔는지 너희가 알 수 있다면, 그 질문도 하지 않겠지. 아이들은 지마다의 나이를 가늠하면서, 나의 먼 과거와 미래를 오간다. 출산 여부도 궁금해한다. 아이가 있는지, 남자친구는 있는지. 나는 출산이라는 신체적 특징에 관해 설명한다. 자연분만과 제왕절개, 아무리 로션을 발라도 소용이 없는 터진 살과 얼룩덜룩한 반점에 대해. 탈모에 대해서. 지우는 그 말을 듣다가 "내가 불효자라니!"라고 소리치고는 얼굴을 감쌌다.

우리는 엄마의 뱃속에서 많은 영양분을 가지고 태어난 생명체다. 부모가 겪은 변화를 알고 자신의 탄생이 불효라고 말하는 아이의 얼굴을 보면서 자식이 갖는 기쁨과 슬픔을 생각했다. 나는 그 아이의 진심이 좋았고 그 애의 순진함이 사라진다고 해도 기억할 수 있었다. 내가 기억할 수 있는 사람이기 때문에.

나는 가상의 아이를 떠올려본다. 이 시대에서 행복할 수 있을까. 아이에게는 아빠가 있나. 아이에게는 동생이 있나. 가상의 아이에게는 엄마가 있나.

한 번도 만난 적 없는 아이를 떠올리면서 그의 질문을 기다리게 된다. 작게 콩콩대는 심장을 느끼는 기분으로 아이의 얼굴을 바라보는 생명체가 있다.

꾸륵꾸륵이

/////////////////////////////

수업하다 보면 종종 아이들의 시선이 창문에 가 있음을 느낀다. 환기하려고 창문을 열고, 추위를 막으려고 히터를 틀고. 우리는 분명 지구온난화와 절약에 대해서 개인의 의식을 바꿔야 한다고 배웠다. 그러나 안전을 위해, 바이러스의 창궐을 조금이라도 막기 위해, 너희를 교육하기 위해 창문을 연다.

닫혀 있는 창문을 의식적으로 열다 보면 눈이 마주치는 생명체도 있다. 마커를 쥐고 칠판에 판서하고 있다가 날아온 비둘기와 눈이 마주치는 장면. 최대한 자연스럽게 비둘기와 눈 맞춤을 하고 소리 내지 않는다. 내가 반응하면 이들은 더 격렬하게 반응할 테니까.

아이들은 비둘기가 더럽다고 믿는다. 비둘기를 쫓아내야 한다고 느낀다. 비둘기를 방지하기 위한 압정이나, 퇴치 패드나, 무수한 손을 떠올린다. 그러자 비둘기에 대한 연민이 솟아오른다. 잠시 쉬기 위해 앉아 있는 것조차 막아야 하나. 건물이 더러워지니까?

나는 그저 수업한다. 뭉뚝하게 잘린 비둘기의 붉은 발을 구경하면서 짐짓 모르는 척 해준다.

– 내가 꾸륵꾸륵이 이야기해줬나?
– 아니요.

아이들의 시선이 몰린다.

– 출근하는 길이었어. 저 멀리 화려한 아줌마가
  보이더라고. 뭐랄까. 모피를 두르고 선글라스를 낀,
  주렁주렁 반지를 착용한 분이었어. 그런데 옆 골목에서
  웬 아저씨가 나오더니 어이~ 꾸륵꾸륵이, 라고
  외치면서 반갑게 손을 흔들더라고.

아이들이 웃었다.

– 잠깐만. 꾸륵? 애칭이 조금 이상하긴 한데, 아줌마가

정말 꾸룩꾸룩이일 수도 있잖아. 백스텝으로 걸어가서
이 사건을 확인하려고 했지. 그때.

아이들이 긴장했다.

- 웬 비둘기가 가게 앞에서 서성이고 있더라고. 아저씨가
  그 실내장식 가게 사장님이었던 것 같고. 아줌마랑도
  아는 사이가 맞는 것 같은데, 분명 비둘기를 보고
  인사했던 거야.
- 그래서요?
- 그리고 어느 날, 다시 그 길을 걷고 있을 때. 실내장식
  가게 앞에 비둘기가 보이더라고. 걷지도 않고 약간
  발을 한 짝 한 짝 떼면서 서성이고 있었는데, 뭔가를
  유심히 보고 있는 거야. 도대체 뭘 보나, 했더니 가게가
  통유리로 되어 있어서 속이 잘 보이는데 그 아저씨가
  체조하고 있더라고. 그걸 보고 있더라.
- 근데 꾸룩꾸룩이는 어떻게 알아봐요?

고민이 됐다. 같은 비둘기라도 차이를 미세하게 알아보
는 건가, 아니면 매번 같은 시간에 날아와서 아저씨를 기다

리고 먹이를 얻어먹는 비둘기를 무한한 꾸륵꾸륵이 크루라
고 여기는 건가.

– 아저씨는 꾸륵꾸륵이를 알아보겠지?

너희들이 나를 찾아왔듯이. 내가 너희를 알아보듯이.

이 지역에서는 안 되죠

정원은 요즘 메이크업에 빠져 있다. 어느새 키가 쑥쑥 자란 그 애는 나와 키가 비슷해졌다. 친구를 좋아하고, 숙제를 하지 않고, 여전히 밝다. 수업을 빠지는 이유는 친구를 만나기 위해서였고, 어제 울었던 이유는 모르겠다면서 속내를 털어놓는 아이는 해맑고 예쁘다. 그러나 선생은 아이의 숙제를 지도해야 한다. 성장을 지켜봐주는 역할 외에 학습을 지도할 의무도 있다. 그는 매번 숙제를 잊고 엉뚱한 메일을 제출하고 자주 싸우면서 자라고 있었다.

– 어쩌면 그게 진짜 아이 아닌가요?

나의 어린 시절을 떠올린다. 잡지를 들추고 매번 아이들의 확장된 세계에 예민하게 반응하고 조용히 들끓었던 소소

한 이야기를 말하는 것이다.

- 이 지역에서는 그러면 안 되잖아요.

직장 동료는 말을 덧붙였다.

- 아이들의 사랑스러움을 지켜주는 곳이라면 좋겠지만,
  여기는.

그의 함축된 말이 이해된다. 나는 아이를 이해하고, 아
이를 사랑하지만 학습 지도를 위해 단기적, 장기적 목표를
설정해야 한다.

하루는 학부모와 상담하다가 이런 말을 들었다.

- 지금 학원을 많이 보내서 사실은 학교 갈 시간도
  없어요.

학교에 갈 시간이 없을 정도로 아이의 계획은 차 있다.
아이들도 말한다.

‐ 학교는 놀러가요. 공부는 학원에서 하고요.

때로는 이런 말도 한다.

‐ 저는 친구가 없거든요. 필요를 못 느끼고요. 공부하기
  위한 건데 그 외에 잡담은 쓸모가 없어 보여요.

이 말을 하는 반에서는 또 다른 아이가 대답한다.

‐ 저는 친구들과 있으려고 학교에 가요. 그게 가장 잘한
  일이에요.

한 아이는 담요를 무릎에 두르고 창백한 얼굴로 말했다.

‐ 선생님, 저 응급실 다녀왔어요. 어제 백신 1차 맞았거든요.
‐ 그러면 2차는 안 맞아야 하지 않아?

아이는 다시 태연하게 교재를 펼치며 대답했다.

‐ 그러면 학원 못 가요.

아이들은 책을 읽어온다. 몇몇 아이들은 책을 읽지 않고 나의 설명만 듣는다. 책을 읽는다는 행위에 대해서, 그것이 주는 즐거움에 대해 설명할 때도 있다. 하지만 간혹 부모가 독서할 시간을 주지 않아서 읽지 못하는 아이들에게는 어떻게 설명하면 좋을지 난감하다.

정원이 했던 말을 기억한다.

– 선생님, 저 예전에 엄마랑 싸우고 문 닫은 채, 책상에 엎드려 있었거든요. 그때 선생님 시집이 책상에 있었는데, 앞부분에 적혀 있던 '어디에서나 밝은 빛을 주는 정원에게'라는 말을 보고 갑자기 눈물이 터져서 엉엉 울었어요. 왜 눈물이 나왔는지 모르겠는데 너무 감동했어요.

그는 가끔 뜬금없이 이런 말을 한다. 그의 맥락과 세계는 나의 세계와는 다를 것이다. 하지만 아이가 해준 말을 기억하면서 그에게 가장 도움이 될 수 있는 방법을 고민한다. 책임감을 갖고 사람에 대해 생각하는 일. 그건 어떤 지역에서도 가능한 이야기라고.

아이는 가끔 뜬금없는 말을 한다.

그의 맥락과 세계는 나의 세계와는 다를 것이다.

하지만 아이가 해준 말을 기억하면서

그에게 가장 도움이 될 수 있는 방법을 고민한다.

책임감을 갖고 사람에 대해 생각하는 일.

그건 어떤 지역에서도 가능한 이야기라고.

꿈이 없으면 어떡해요

- 선생님, 저 정말 꿈이 없는데 어떡해요.

어른들은 종종 아이들에게 꿈을 묻는다. 꿈을 발표하라고 한다. 평소 재빠르게 가방을 둘러메고 교실을 떠나던 한 학생이 남아 서성이며 묻는다.

- 저 정말 없는데요.

직업이 꿈으로 직결되는 것이 아니라고 설명해주면 다시 묻는 아이들이 있다. "행복한 회사원이 되는 것도 꿈이라고 할 수 있나요?" 나는 매우 좋은 꿈이라고 전달한다. "제가 아직 뭘 몰라서 그런 거라고 엄마한테 혼났어요." 학부모의 처지에서는 아이가 어려서, 아직은 공적인 발언을 못해서, 라고 여길 수 있지만, 행복한 커리어 우먼이 되겠다는 아이의 생각을 들어보고 싶어진다. 서진은 드림렌즈를 끼면서 불편함을 느껴 방법을 보완할 수 있는 안과 의사가 되고 싶다 말했지만, 사실 그 꿈은 사회 구조 때문에 선택한 거라고 밝혔다.

－아무래도 안정적이고 인정받으니까요.

어떤 아이는 말했다.

－선생님, 저 사실 꿈이 예전에는 있었는데요. 지금은.

나는 대답을 기다렸다.

－찾아가는 중이에요.

역시 꿈이 없다, 라고 말하는 것과 꿈을 찾아가는 중이다, 라고 말하는 건 다르게 들린다.

한번은 꿈과 관련된 이야기를 써보라는 시험지를 백지로 제출한 학생을 보기도 했다. 주안은 성실하게 답을 적었

고 그 문제만 백지로 냈다. 나는 이유를 알기 위해 시험지를
자세히 들여다보았다. 시험지에는 꾹꾹 눌린 연필 자국이 보
였다. "꿈이 없는데 쓰면 거짓말이니까⋯⋯." 그는 한 줄 정
도를 썼다가 지웠다.

나는 주안에게 물었다.

– 이건 진실과 거짓이 아니야. 앞으로 어떻게 지내고
  싶어?
– 평범하게요.
– 평범하다는 기준이 뭘까?

주안은 생각했다. 나는 '평범하게 살고 싶은 이유'를 적어
오는 숙제를 내줬다. 그는 너무 눈에 띄지 않고, 또 감춰지지
않은 채로 언제나 중간 정도를 유지하면서 근심 없이 살고
싶다고 적어왔다. 자신이 거짓말을 하지 않았다는 사실 자체
에 편안해진 듯 보였다.
아이들은 거짓말을 하지 않으려 노력하는 듯하다. 무수
히 시험이라고 말해줘도 마찬가지다. 하지만 누군가는 이런
말을 한다.

- 쌤, 저 원래 꿈은 없는데요. 발표하기 쉬운 직업 잡아서
  했어요.

역시나 고백이 문제다. 아이들은 진실을 말하지 않았다
는 사실을 못 참는다. 쉽게 거짓말하고 다시 괴로워하고 다
시 거짓말하고. 그런 모습들을 봐왔는데도 정작 형식적인 시
험 앞에서 고백하는 모습을 보자니 아이다움이란 무엇인가,
하고 근본적인 질문을 던지게 된다.

한 번은 이런 적도 있다. 그는 동영상까지 첨부해서 로봇
연구자에 대해 근사하게 발표하고 나서 이 말을 덧붙였다.

- 원래 로봇 연구자도 관심은 있지만, 사실 제 꿈은
  돈 많은 백수인데요. 그래도 제 품위를 위해서 로봇
  연구자로 준비해왔습니다.

여전히 아이들은 다시 발표하기 전에 말한다.

- 저 꿈이 없는데.

짐짓 쉿, 이라고 말해주고 들을 준비를 한다. 한 아이는 자신의 꿈이 다른 아이들의 꿈에 비해 너무 소박한 것 같다며 걱정했다. 그는 요리를 잘 해주는 아빠가 되고 싶다고 말했다. 레시피를 공부한 다음에 아이들에게 요리해주고 "역시 우리 아빠 최고!"라는 소리를 듣는 게 꿈이라는 것이다. 나는 아이의 가정을 그려보았다. 저런 꿈을 가질 수 있는 환경을 떠올렸다.

의사가 되고 싶다는 아이들, 검사가 되고 싶다는 아이들. 나는 왜 이 꿈이 생겼는지를 묻는다. 아이는 해맑은 얼굴로 "어? 그러게요" 하고 말하고는 웃었다. 그는 영특하고 성실하다. 한 번도 꿈이 바뀌지 않았지만 왜 의사가 되고 싶었는지는 대답하지 못했다. 그건 전혀 고민해본 적 없는 영역이라는 듯이.

어떤 아이는 뮤지션이 되고 싶고, 어떤 아이는 영화감독이 되고 싶다고 했다. 어떤 아이는 배우가 되고 싶고, 어떤 아이는 팝스타가 되고 싶다고 한다.

나는 그들이 맞이할 미래를 떠올린다. 때로는 명확하게 보이는 미래가 있다. 뚜렷하게 자신의 꿈을 밝힐 수 있는 아이에게서 보이는 어른의 모습이 있다. 나는 빠른 재생을 통해 그들의 삶을 들여다본다.

최근에는 유튜버가 되고 싶다는 아이들이 현저히 줄었다. 아이들이 성장해서일까? 시대가 변해서일까? 예전에는 유튜버를 꿈꾸는 아이들이 저마다 계명을 밝히기도 했었다.

첫 번째, 주작, 뒷공작 등은 하지 않는다.
두 번째, 말을 조심해야 한다. 한 번의 실수로 채널이
무너질 수 있기 때문이다.
세 번째, 마음을 굳히고 부모님께 허락받는다.
네 번째, 전문 편집자를 고용하여 돈을 많이 번다.
다섯 번째, 내가 성공하면 같은 분야의 유튜버들과
친해진다.
-끝-

실제로 유튜버에 도전했다가 실패한 경험, 그게 얼마나 어려운 일이었는지를 진솔하게 적은 발표도 볼 수 있었다. 코로나19가 시작되고 가장 많이 등장한 직업은 백신 개발 연구자였다. 이전에는 아무도 말하지 않았던 직업이었고 최

근에는 다시 사라진 직업이다.

어렸을 때, 꿈을 적는 칸에는 아이가 원하는 꿈과 부모가 원하는 꿈이라는 항목이 붙어 있었다. 나는 작가, 선생님을 적었다. 정말로 작가가 될 거라 생각했던 건 아니다. 정말로 선생님이 되고 싶었던 건 아니다. 선생님이 나를 불러 "너는 좋은 작가가 될 거야"라는 말을 전했고, 나는 의아한 표정을 지었다. 나보다 앞선 미래를 본 어른을, 나는 잊지 않는다.

— 쌤은 꿈을 이뤘네요?

아이들의 말에 그런가, 하고 대답한다. 당시 내 머릿속에는 사교육 현장에서 일하는 선생님의 모습은 없었다. 학원에 다니는 아이들이 많지 않았던 시절이다. 자꾸 '나 때는 말이야' 하는 어른의 모습이 떠오른다.

— 제 꿈은 선생님입니다.

이 말을 하는 아이에게 시선이 가는 건 환경 때문이리라. 궁금하다. 아이는 분명 선생님의 영향을 받았을 것이다.

하지만 아이가 단지 어른에게 받은 영향만으로 꿈을 정할까? 아이가 아이를 가르치고 싶다는 욕망은 어디에서 오나.

다양한 연령 앞에서 수업하던 순간들을 떠올린다. 시 수업을 하면서 아이들을 가르쳤고, 성인들을 가르치기도 했고 대학에서 학생들에게 강의하기도 했다. 그때마다 내가 가르치는 일을 업으로 삼았다는 사실이 놀라웠다. 아이들과 성인들, 중년과 노년을 거쳐 사람들 앞에 서 있는 순간이 새삼 새로웠다.

  – 담임 선생님의 영향이 컸어요. 선생님이랑 합이 진짜 잘 맞았거든요. 또 제가 가끔 친구들을 가르쳐주는데 그때 성취감이랄까. 깨닫는 게 있거든요. 그게 정말 좋아요.

나는 또래 친구들을 가르쳐주는 아이의 모습을 그려본다. 가르쳐주다 보면 깨치는 것이 있다. 그 배움은 분명 훌륭하다.

  – 어떤 선생님이 되고 싶어?

아이는 말한다. "책임감 있는 선생님이요." 대답에는 아이가 발견한 진실이 있다. 공교육을 통해 아이들에게 영향을 주는 선생님들의 모습을 본다. 선생님이란 직업이 한동안 꿈이야기에 등장하지 않다가 최근에 다시 나오기 시작한 것은 그들의 노력을 아이들이 봤기 때문일 테다. 어떤 직업은 사라지고 어떤 직업은 다시 나온다. 누군가의 영향력을 듬뿍 받으며 성장하는 저들의 모습을 통해 슬며시 깨닫는다. 아이들은 내 속도 모르고. "야, 선생님 같은 선생님 되고 싶다고 말해. 가산점!" 하고 호들갑을 떤다.

한때 우리는 유토피아에 대해 말한 적 있다. 로이스 로우리의 소설 『기억 전달자』에 등장하는 똑같은 형태의 가족, 동일한 교육, 직위가 내려져 변화 없는 안정된 세계가 유토피아인지, 기억 전달자인 조너스가 썰매를 타고 넘어간 우리의 불완전한 세계가 유토피아인지 의논했다. 아이들은 직업을 선택받았던 세계를 선호하기도 했었다. 그러나 이 선택은 아이들의 모습으로만 볼 수는 없을 것이다. 과거에도 그랬고 앞으로의 미래에도 몇몇 아이들은 모든 것이 확정되고 안정된 세계를 선택하고 싶을 것이다. 그럼에도 불구하고 썰매를 밀고 언덕을 내려오는 사람이 있듯이, 누군가는 기꺼이 불완전을 택하고 기억을 전달한다.

나는 아이에게 말한다.

- 내가 아이들과 있었던 이야기를 산문으로 쓰고 있어.
  네가 꿈이 변하지 않았다면, 우리가 여전히 만나고
  있다면 책을 선물할게. .

아이들은 주변에서 "오! 공짜 책!"이라고 말한다. 몇몇 학
생들은 "시인이 산문도 써요?" 하며 놀란다. 여러 번 놀랄 수
있는 세계가 나는 신기하다. 그렇게 우리는 응원하는 법을
배운다.

꿈이 없다, 라고 말하는 것과

꿈을 찾아가는 중이다, 라고 말하는 건

다르게 들린다.

배고파요

////////////////////////////

　코로나19가 있기 전까지, 쉬는 시간에 아이들은 야무지게 과자 파티를 했다. 취식이 금지돼 있지만 이동하느라 밥을 제대로 먹지 못한 성장기의 아이들에게 마냥 안 된다고 하기는 어려웠기 때문이다. 대신 혼자만 먹지 말고 나누어 먹을 수 있는 품목이면 좋겠다, 정도의 언질을 주었다. 그랬더니 강의실에 개 발바닥에서 날 법한 꼬질한 과자 냄새가 가득했다. 개를 키우는 사람들이면 대략 눈치를 챌 텐데, 자신의 오줌을 몇 번 밟고도 의기양양하게 돌아다니면 날 법한 고린내였다.

　아이들은 성대한 의식을 치르듯 등을 돌리고 대형 봉지를 가운데 둔 채 나초를 먹고 있다. 창문을 열고 환기를 시킨다. 떨어진 부스러기도 모두 함께 치운다. 나는 아이들의 공유 정신에 놀라워하며 적당한 선을 지켜달라고 요청한다. 그럼에도 아이들은 배고프다. 여전히 수업 시간에 대뜸 "쌤?" 나를 부르곤 "배고파요"라고 말하는 것이다. 지현은 갑자기 손을 들고 나를 불러서 귓속말로 속삭였다. "배고파요." 내가 황당한 표정을 짓자 역시 기뻐했다. 학원가 근처에 아마스빈*이 많은 것도 이해가 된다. 아이들은 버블티를 마시며 펄을 냥냥 씹어대면서 강의실 문을 열고 들어온다.

처음 코로나19로 인해 분위기가 급변했을 때도 그들은 매번 아마스빈의 음료를 들고 오다가 저지당해서 음료를 포기하거나 재빠르게 마셔야 했다. 아이들은 머리가 띵할 정도로 순식간에 찬 음료를 마시고 들어왔다. 아이들이 쉬는 시간에 삼각김밥을 흡입하고 오던 시절, 서로에게 과자를 나누어주던 풍경. 그러나 이제는 물을 제외한 모든 음식이 금지됐고 아이들도 그 이유를 묻지 않는다. 정수기 역시 사용금지 문구가 붙어 있어서 매번 미약하게 조를 뿐이다.

- 선생님, 저 목말라서 죽을 것 같아요. 엄마한테
  전화해서 물 가져오라고 해도 돼요?

나는 태훈에게 묻는다.

– 집이 가까워?
– 차 타고 5분 정도요?

목마르다고 엄마를 부를 생각하는 태훈을 보면서, 나는
고개를 젓는다. 몰래 물 한 컵을 가져다주고는 비밀로 해달
라고 요청한다. 아이들이 너도나도 달라고 조를 것이 분명하
기 때문이다. 매번 물을 안 가져오는 지훈은 떼를 쓴다.

– 선생님, 그러면 화장실 물 마셔도 돼요?

그가 일부러 내게 생떼를 부리고 있음을 눈치챘다. 그는
내가 마음이 약해져서 물을 가져다주리라 믿는 것이다. 그
러자 아이들은 그러거나 말거나 "야, 쟤 변기 물 마신대! 마
셔! 마실 수 있으면 마시고 와!" 이러면서 환호한다. 지훈은
약간 뻘쭘한 표정을 짓는다. 아이들이 몰래 젤리를 씹고 우
물거리는 건 어쩔 수가 없다. 하지만 우리는 서로가 서로에
게 얼마나 거리를 두어야 하는지 학습했다. 거리가 가까워졌
다가도 멀어지고 그들의 재잘거림은 언제나 간격을 유지하다

가도 금세 무너진다.

여전히 아이들은 배고프다. 그들이 "쌤, 있잖아요" 하는 말 뒤편에는 언제나 '배고파요'가 숨겨져 있기 마련이다. 그들이 점심 메뉴를 늘어놓고 있다. "쌤, 저 어제 치킨 먹었어요." 한 아이가 내게 다가와 속삭였다.

★　버블티 전문점.

우정

아이들에게 우정이란 무엇일까.

한 아이는 슬그머니 손가락 하트를 보여주었다. 한 아이는 가짜 우정과 진정한 우정을 구분지었다. 가짜 우정은 언제든지 서로를 배신할 수 있어 관계가 쉽게 깨지지만, 진정한 우정은 싸워도 그만큼 돈독해지는, 서로를 쉽게 버릴 수 없고 믿는 관계라고 밝혔다. 우정은 전 세계적으로 쌓을 수 있으며, 파괴할 수도 회복할 수도 있단다. 또한 우산이 없어 비를 맞고 있는 친구가 있다면 자신의 우산을 두고 같이 비를 맞는 것이라 말했다. 나는 자신의 우산을 씌워줄 수 있음에도 굳이 우산을 버리고 같이 비를 맞아주는 마음이 궁금했다.

우정은 친구와 같이 노는 것이며 깊을수록 깊게 싸우는 것. 친구란 자신이 느끼는 감정을 공유하는 존재이며 벽 같은 것이다. 그는 쌓고 쌓으면서 더 믿을 수 있는 벽이라고 덧붙였다. 영희에게도 초콜릿 반쪽을 나눠주는 철수의 행동이 우정을 보여준다. 추의 무게가 같아 시간이 지나도 같은 감정이며, 반대 방향으로 끌고 가는 줄이나 절대 끊어지지 않는 줄이다.

우정은 서로에 대해 잘 알지만, 나만의 공간까지는 침범할 수 없어서 각자의 비밀이 하나쯤은 있는 관계이며 특별함을 주지만 모든 것을 알게 할 수 있는 것은 아니라고 했다. 그리고 한 아이는 우정이란 다른 계급에 있더라도 서로 돕는 것이라고 적었다.

이것이 지금 시대의 아이들이 생각하는 우정이었다.

역할극

///////////////////////

– 아니에요. 선생님한테만 그래요. 아무래도 편한가 봐요.

저학년을 가르칠 때는 아이들의 모습이 투명하게 느껴졌다. 내게 보이는 모습은 가정에서 보이는 모습과 같을 것이다. 학교에서 학원에서 길을 가면서 보이는 모습과도 동일할 테고. 지나가는 사람이 아이를 향해 웃어주면 현관문 비밀번호도 술술 말할 것 같은 해맑음의 시절을 지나, 이제 아이들은 수많은 역할을 부여받는 시점에 이르렀다.

처음 아이들을 가르칠 때, 아이들은 말했다.

– 선생님은 친절해서 좋아요.

나는 아이들이 생각하는 친절함이 무엇일지 고민했다. 시간이 흘러 아이들은 말했다.

　- 원래는 무서운 줄 알았는데, 아니었어요.

　그 뒷말에서 내가 얼마나 이들에게 편한 사람이 되었는지 추측할 수 있다. 아이들은 아무렇지 않게 나를 앞에 두고 평가한다. 그날 내가 우울해 보이는지, 기뻐 보이는지……. 평소 아이들은 언제나 내가 한 단계 업 되어 있는 모습을 볼 수 있을 것이다.

　목소리를 한 톤 높게 하고 그들을 만나면 온갖 복잡한 일을 잠시 잊을 수 있다. 교재를 나누어주고 청량한 목소리를 가까이에서 듣다 보면, 사람은 망각의 동물임을 깨닫게 된다. 하지만 오래 가르친 아이들이 어느새 중학생이 되고 사춘기를 겪어가면서부터는 내가 본 것이 그들의 한 단면이었음을 알게 된다. 이제는 다채롭게 펼쳐지는 그들의 모습에서 나는 여러 감정 속을 오간다.

　내게는 한없이 밝은 아이가 사실은 다른 곳에서는 전혀 다른 모습을 보인다는 것. 예전엔 눈을 마주치지도 못하던 아이가 이제는 자신의 의견을 보여주고 곧잘 이야기를 꺼내 성장했다고 생각했지만, 그것이 나와 있을 때만 그랬다는 것. 학부모의 이야기를 통해 그들이 보여주는 모습은 꽤 깊은 곳에서 드러난 얼굴이다. 그들이 믿고 보여준 감정이 있다. 그 다채로운 얼굴의 감정을 깊게 들여다본다.

내게 보이는 모습과 부모에게 보이는 모습과 저마다의 공간에서 보여주는 모습이 다른 아이들이 생겨난다. 시간이 흘렀다는 뜻이다.

진희는 자신의 역할에 대해 익살스럽게 말했다.

- 저는 반려동물입니다. 부모님께 애교를 부리거든요. 또 잠꾸러기예요. 아침에 늦잠을 가끔 자거든요. 청소 아주머니가 되기도 합니다. 가끔 청소 및 집안일을 하거든요. 아재이기도 해요. 평소 드립을 많이 치거든요.

주영은 하트를 그려놓고 말했다.

- 저는 돈 덩어리입니다. 학원비와 병원비 등 돈이 많이 들어요. 관종이에요. 엄청난 관심이 필요한 관종이라 잘했을 땐 꼭 칭찬을 받아야 해요. 황소이기도 해요. 그냥 고집이 황소라서.

준서는 말했다.

- 저는 드라이버 심사위원입니다. 실제로 운전은 하지
  않고 구경만 하거든요. 노예예요. 개똥을 치워주고 밥도
  매일 1~2번 정도 차려줘야 해서요.

희준도 끼어들었다.

- 저는 도둑이에요. 잘못했을 때 엄마한테 안 들켜야
  합니다. 저는 죄수예요. 엄마의 협박을 듣고 사탕발림에
  홀리며 시키는 대로 살아야 해요. 저는 노동자예요.
  뼈 빠지게 공부해야 하거든요.

서우도 말했다.

- 저는 예언자예요. 동생이 뭘 할지 예상할 수 있기
  때문이죠. 또한 점쟁이이기도 해요. 동생의 거짓말을
  바로 알아차리기 때문이에요. 감독관이기도 합니다.
  동생이 잘 공부하는지 체크하기 때문에.

윤진이 덧붙였다.

– 저는 고민 상담사예요. 엄마의 고민을 잘 들어주거든요.

나는 아이들이 규정짓는 내 역할에 대해 생각한다. 나는 때로는 선생이고 때로는 시인이고 때로는 여성이고 때로는…….

우리는 각자의 역할 속에서 시간을 나누고 있다.

5만 명 넘을 거니까 해요

연희가 외쳤다.

– 어차피 5만 명 넘을 거니까 해요!*

아무리 거리 두기를 하자고 해도, 강의실에 투명 칸막이를 책상에 설치해둬도, 아이들이 만진 모든 것을 깨끗하게 소독해두어도 그들은 아랑곳하지 않고 활동을 하자고 외쳤다. 팀 활동의 경우 아무리 잘 지켜봐도 허점이 드러나기 마련이다. 가뜩이나 칸막이 때문에 아이들이 이동할 때마다 걸상이 덜그럭거렸고, 서로의 패딩 점퍼를 얹어놓을 자리도 부족했다. 그러나 이들에게 타협은 없다. 코로나19 양성 판정은 어차피 늘어날 것이고 우리가 다시 비대면 수업을 하지 않을 거라면, 원래 하던 것을 유지하자는 말이었다.

나는 그동안 안전을 위해 조심했던 모든 일을 떠올렸다. 연희의 말은 설득력이 있었다. 이미 코로나 확진자 수가 2만 명이 넘었지만 거리 두기는 완화되고 있던 시점이었다. 또한 정점을 찍기에 아직 이른 것 같았다. 나는 아이들의 고취된 학습 의욕을 지켜주기로 했다. '지나고 보면 지금이 가장 안전한 순간일까?'

- 자, 다들 엎드리세요. 밤이 되었습니다.

아이들이 마피아 게임을 하는 방식으로 나는 그들을 진정시켰다. 그들은 금세 온순해져서 엎드렸다.

- 선생님이 팀을 말해줄 거야.

나는 어제 먹었던 과일을 떠올렸다.

- 사과. 마음에 들면 손?

아이들은 영문도 모르고 손들었다.

- 바나나. 마음에 들면 손?

태훈은 말했다. "아, 재미없다. 사과랑 바나나는 너무 밋밋해요." 나는 웃으면서 어서 각자의 자리에 가서 최대한 접촉하지 말고 팀 활동을 해보자고 격려했다. 식상하다고 말한 태훈은 팀명의 마스코트까지 만들어 새겨두었다. 그리고 야무지게 '바나나 팀'이라고 적어두었다.

- 선생님, 다음은 어떤 팀 할 거예요?

나는 고개를 갸웃대며 생각했다.

- 망고로 할까?

아이들의 눈이 다시 반짝였다.

★ 연희의 말이 옳았다. 일주일 후 코로나 확진자 수가 5만 명이 넘었기 때문이다.

미래 식량

미래 식량을 생각하면 밀웜쿠키가 생각난다. 영화 〈설국열차〉에서 등장한 바퀴벌레로 만든 단백질 블록 식사도 떠오르고. 그렇다면 번데기는 어떤가. 어릴 때는 학교 근처에 번데기를 파는 곳이 많았다. 번데기 노점은 주로 하교 시간을 기다렸다가 등장했다. 종이로 된 고깔에 담은 번데기를 오물거리며 친구와 걸었던 기억이 난다. 양잠 산업의 부산물로 발생한 번데기를 처리하기 위해 조리해서 먹은 게 시초였지만, 과거의 식품이 이제는 미래 식량으로 불리기도 한다는 점에서 어쩌면 과거와 미래는 쉽게 뒤집을 수 있는 시간처럼 느껴지기도 한다.

요즘 아이들은 번데기를 먹어본 경험 자체가 드문 것 같다. 먹어본 아이들은 대부분 맛을 좋게 평가하고 먹어본 적이 없는 아이들은 그 말을 들을 때면 미간을 잔뜩 찌푸리며 귀를 쫑긋댄다. 이제는 넘쳐나는 간식의 홍수 아래 굳이 번데기를 먹을 이유는 없을지도 모른다. 최근에 나도 그렇다. 먹을 일도 없거니와 인터넷 서핑을 하다가 우연히 본 사진 때문이기도 했다. 익명의 그는 국물로 자작하게 조리된 번데기의 껍질을 핀셋으로 세밀하게 벗겨서 발육한 누에나방의 성충을 꺼냈다. 사람의 마음이라는 게 굳이 그 안의 형태를 상상하지 않았다면 모를까, 실체를 알고 보니 슬쩍 피하게 됐다.

우리가 언제 미래 식량을 먹을지 떠올리면 지구 멸종에 가까운 사건이 발생했을 때야 가능한 일이 아닌지 생각하게 된다. 하지만 다시 떠올리면 코로나19가 생활 속에 뜬금없이 쳐들어와 삶을 바꿀지 몰랐듯, 미래 식량을 먹는 것도 당장의 일일 수 있다. 가끔은 화성에서 감자 캔 이야기를 떠올리기도 하고, 가끔은 곤충을 떠올리고, 그런 식량을 먹으면서 버틸 미래의 인류는 어떤 기분에 휩싸일까.

미식의 경험을 누리고 싶지만 언제나 오마카세를 즐길 수 없는 일이고, 매일 식재료를 다듬으며 집밥을 할 수도 없는 일이다. 나는 최대한 푸드 로스food loss를 지킬 수 있는 방법, 살생을 줄일 수 있는 방법을 떠올려본다. 역시 인간이 사라지는 게 가장 빠른 길이라는 결론인가. 한 명의 내가 사라짐으로 보탬이 될 수 있는 환경보호는 어떨까. 그러나 나는 주어진 삶을 있는 그대로 살기로 했으니, 여기서 줄여보는 것을 시도하고 엎어지고 시도하고 엎어지고 좌절하면서 꾸역꾸역 먹으리라.

H. G. 웰스의 공상과학소설『타임머신The Time Machine』(1895)에는 미래 인류 엘로이족이 등장한다. 그들은 철저한 채식주의자다. 그들은 세모난 껍질의 과일을 주인공에게 권하기도 하고, 다 먹은 후 껍질과 씨앗은 둥근 테이블 옆 구멍에 잘 버려두는 것도 잊지 않았다. 누구의 땅도 아닌 땅, 전쟁도 없고 사유도 없는 세상에서 그들은 새 복숭아와 새로운 식물과 동물을 만들기 위해 살아가고 있었다. 그래서 어제의 나는 붉고 좁은 입술로 과일을 씹는 인류를 생각했고, 친구가 깎아준 루비에스 미니사과를 아삭아삭 씹어대다가 그 씨앗을 유심히 지켜보았다. 미래의 지구에서 생길 식량 문제를 예측하고 준비하는 시선으로.

특강

방학이 되면 특강을 한다. 이때는 형식에 맞는 쓰기를 가르쳐준다. 예를 들어 논설문, 독서 감상문, 자기소개 등. 평소 단순하게 느낄 수 있는 글의 형식을 알려준다. 특강을 하면 내가 가장 먼저 묻는 말이 있다.

– 글쓰기 싫어하는 친구?

그러면 손을 들까 말까 고민하는 학생이 있고, 호기롭게 번쩍 드는 학생이 있다. 부모가 신청해서 이 자리에 왔을 것이라 예상되는 아이들에게 나는 글을 쓴다는 행위가 조금이라도 즐거워지길 바라는 마음으로 이야기한다.

글은 억지로 쓰게 할 수 없다. 아이가 거부한다면 놔두어야 한다. 그러나 그 정도가 아니라면 대부분 아이는 학습

된 방향으로 쓴다. 그러나 어떻게 써야 하는지는 모른다. 나는 공교육에서 이 모든 걸 책임질 수 없다고 느낀다. 아이들이 감상문을 쓰라는 숙제, 논설문을 쓰라는 숙제는 받았어도 어떻게 써야 하는지 모를 테고, 그 방법을 적용해서 오랜 시간을 들이기도 어려울 거다.

나는 어릴 때의 이야기를 들려준다. 어린 시절, 어린 나의 발언권을 유지할 수 있는 건 쓰기뿐이었다. 선생님도, 부모님도, 그 누구도 내 글 사이에 끼어들지 못했다. 글을 다 읽어야 의견을 제시하거나 피드백을 줄 수 있었다. 나는 그게 힘을 가진 도구라고 느꼈다. 말을 끊을 수 없다는 그 사실만으로도 쓰기는 내게 기쁨을 주었다. 그게 내가 어린 시절에 쓰기에 대해 느낀 감정이었다.

아이들의 쓰기 실력은 저마다 다르다. 학습 면에서 평준화가 되어 있다면 쓰기는 중구난방에 가깝다. 하고 싶은 말이 너무 많은 아이, 말은 잘하지만 적기는 싫은 아이, 했던 말을 반복하는 아이, 자기가 했던 말을 잊는 아이, 그들의 성격이 고스란히 드러나 있다.

한 아이는 '큰오빠의 일상'을 적어왔다. 여기서 큰오빠는 베타 물고기의 이름이다. 그는 큰오빠와 오팔이, 에메랄드, 블루블루, 라는 베타의 물고기 사진을 컬러 프린트로 출력

해서 공책에 붙여 와 소개했다.

– 큰오빠의 눈은 한쪽은 단추 눈, 한쪽은 물방울 눈이다.
성격은 사나운 편인데 다른 베타들이 큰오빠 격리통
가까이라도 가면…… 아가미를 좌악 펴면서 난리가
난다. 물 묻은 어항 벽에 먹이가 붙으면 그걸 먹으려고
퐁당퐁당 점프한다. 최고 기록은 3미터다! 큰오빠가
그럴 때마다 점프사 걸릴까봐 내가 심장마비 걸릴
뻔한다. 베타는 너무 똑똑하다. 큰오빠는 매력 덩어리다.

나는 아이의 집에 있을 큰오빠를 그려보았다. 내가 칭찬
하자 아이는 쉬는 시간에 말했다.

– 선생님, 저 다리 찢기 해도 돼요?

나는 무슨 말인지 이해하지 못했다. 아이는 바닥에서 통
통하고 귀여운 다리를 쫙 찢으며 유연함을 보여주었다. 아무
래도 다리 찢기를 보고 칭찬해주길 원하는 것 같았다. 옷이
더러워질까 걱정하는 나와는 달리 아이는 나의 반응만 기다
렸다.

- 완전 잘한다. 이제 선생님이 알았으니까 바닥에서는
  하지 말자.

아이는 고개를 끄덕였다.

글쓰기 특강을 할 때는 숙제를 주지 않는다. 퇴고 단계
가 있지만, 실상 이론을 배우고 글을 쓰는 것만으로도 벅차
기 때문이다. 한 명, 한 명, 나는 그들의 글을 읽고 반응해준
다. 아이들의 세계가 문장으로 펼쳐지는 순간을 지켜본다.
나는 그들의 글을 읽는 게 즐겁고, 그들이 쓰기에서 즐거운
시간을 보냈길 바란다. 아이들은 숙제가 없어도 숙제를 해온
다. 나의 일은 두 배로 늘겠지만, 이렇게 흥미를 보이면 부모
의 만족은 높아진다. 나는 학부모와 전화할 때 말한다.

- 현우는 글이 좋아서 쓰는 게 아니라 제가 자신의 글을
  읽어주고 거기에 바로 반응하는 게 좋아서 쓰는 거예요.
  저는 숙제를 내준 적이 없는데도 말이죠.

아이들이 학교에 가지 못하는 날이 늘어나면서 우리는
숙제라는 증빙을 제출했지만 온전한 피드백을 주고받기는

어려워졌다. 그래서 이렇게 만나 누군가 자신의 글에 깊게 반응하는 것만으로도 아이들은 글 쓰는 걸 좋아하게 된다. 신이 나서 두 배로 쓰고, 두 배로 고치고, 나의 말에 귀 기울인다. 그들은 정작 자신이 쓴 글을 잊더라도 말이다.

한 아이는 '애완동물이 죽었던 체험'을 적어냈다. 체험 쓰기는 보통은 놀이공원에 간 경험, 자신이 고구마를 키웠던 경험이 대부분이었기에 나는 그가 동물의 죽음을 겪고 느낀 글을 쓸 것이라 예상치 못했다.

  - 12월 20일 9시 13분, 우리 앵무새 삐삐가 병으로
   하늘나라로 갔다. 내가 태어나서 누가 하늘나라로
   간 건 처음이다. 이틀 뒤 학교에 가서 웃고 있었지만,
   내적으로는 너무 슬프고 미안했다. 따뜻했던 우리 삐삐
   몸이 너무 차가웠고 삐삐의 눈이 감겨 있어 낯설었다.
   나는 솔직히 가끔 삐삐가 싫었다. 삐삐는 너무 시끄럽고
   심지어 나를 물 때도 있었다. 하지만 너무 슬펐다.
   삐삐는 아마 하늘에서 쉬고 있을 것이다. 가끔 무언가
   삐삐거리거나 삐삐의 '삐' 자만 들어도 슬퍼질 때가
   있다. 친구가 계속 슬퍼도 달라지는 건 없다고 말해줘서
   지금은 나아졌다. 삐삐의 죽음은 나에게 많은 변화를

주었다. 9시 13분이 되면 왠지 슬프고 생명은 왜 꼭 죽어야 하는 건지 모르겠다. 가끔 삐삐에게서 나는 냄새가 생각날 때가 있다. 살짝 꼬든내 느낌이지만 그 냄새도 좋다. 누군가 죽은 건 나의 새로운 경험이다. 삐삐를 화장해주려고 했지만 우리 삐삐는 작아서 화장하면 뼈도 안 남을 것 같아 잘 묻어주었다.

나는 아이의 글을 오래 기억하기로 했다. 이제 9시 13분이 되면 삐삐의 소리를 생각해볼 것이다. 큰오빠의 멋진 점프와 함께.

누군가 자신의 글에 깊게 반응하는 것만으로도

아이들은 글 쓰는 걸 좋아하게 된다.

신이 나서 두 배로 쓰고, 두 배로 고치고,

나의 말에 귀 기울인다.

정작 자신이 쓴 글을 잊더라도 말이다.

사라진 생명체

가장 좋아하는 게 뭐냐는 물음에 아이가 답했다.

– 사라진 생명체요.

나는 짐짓 떠나보낸 동물을 떠올리고는 숙연해졌다. 그러나 아이의 대답은 끝나지 않았다.

– 공룡이요.

모든 말은 끝까지 들어봐야 한다. 사라진 생명체가 좋다는 아이는 수업을 힘겨워했다. 아이의 흥미가 떨어진 수업을 유지하기는 어렵다. 내가 그 아이를 챙겨주는 것과는 다른 설득이 필요해진다. 그런데 무슨 설득을 하면 좋을까.

아이는 레고를 좋아한다. 아이는 과학을 좋아한다. 아이는 아토피가 심해서 가만히 앉아 있는 것도 괴로워한다. 손목을 긁다가도 내가 쳐다보면 마치 어른의 시선을 느낀다는 듯이 안 긁은 척했다. 그의 안경 너머 눈은 부어 있었다. 때로는 숨을 쉬는 것도 괴로워한다고 부모는 말해주었다. 그런 아이가 앉아 교재를 보고 연필을 쥐고 대답한다. 아이는 곧 이 수업에 나오지 않을 것이다. 나는 그것이 맞는다고 느꼈다.

선생도 마찬가지다. 도무지 왜 아이들이 이 책을 읽어야 하는지 알 수 없는 책을 설명할 때. 나는 나를 설득해야 한다. 책에서 말하는 최근에 벌어진 대한민국의 일이 2007년이라는 점, 너희는 2009년에 태어났다는 점. 그러니까 책에서 말하는 이 모든 일이 사실은 너희에게는 태어나기도 전인 까마득한 옛날에 벌어졌다는 점. 선생의 불호를 숨기고 이들이 가질 법한 불호를 찾아내 먼저 이야기한다. 책에는 가상현실에 대한 예시로 영화 〈매트릭스〉가 보기 좋게 적혀 있다. 하지만 아이들은 〈매트릭스〉를 모른다.

– 〈매트릭스〉 아는 사람 손 좀 들어볼래?

열네 명의 중학생 중에 두 명이 손을 든다. 그들은 부모님이 집에서 시청하고 있기에 우연히 봤다고 전달했다. 초등학생은 말할 것도 없다. 직장 동료에게 가상현실을 어떻게 설명했냐고 물으니 그는 '통 속의 뇌'로 설명했다고 답해주었다.

하루는 리처드 파인만의 어린 시절에 대해 말하다가 나는 주저하며 물어야 했다.

– 음. 너희 라디오는 알지?

리처드 파인만이 라디오를 분해했다가 재조립하는 끈기를 보였다는 장면에서, 나는 아이들이 떠올리는 라디오가 내가 생각하는 라디오가 맞는지 궁금할 지경이었다. 단어만 있고 형상은 없는 세계일 수 있었다. 그들은 평소 라디오를 인터넷으로 듣거나 아니면 버스를 타고 우연히 듣거나 첨단 기계에 부속된 라디오의 형상으로 더 익숙하게 인지할지도 모를 일이었기 때문이다. 아이들은 모두 파인만이 말하는 라디오를 이해했다. 계속 뭔가 사라지고 있다는 생각이 든다.

한 아이가 말했다.

– 저 라디오 종종 들어요.

- 어떻게?

- 아이패드로요.

어떤 날에는 타자기를 발명한 사람에 관해 설명했는데, 그 반에서 타자기를 제대로 이해하는 아이가 없음을 깨달았다. 그들은 해맑게 물었다.

- 블루투스 되는 거 아니에요?

타자기와 키보드가 닮았으니, 마치 타이핑을 하면 인쇄가 저절로 된다고 여긴 모양이었다. 나는 다시 고대 유물을 꺼내는 기분으로 타자기가 어떤 식으로 작동했는지, 내가 어린 시절 어떻게 타자기를 갖고 편지를 써봤는지를 알려주었다. 비디오테이프를 설명해줄 때의 기분이다. 비디오테이프를 넣기 전에 청소 테이프에 용액을 넣어 돌려야 하는 순간, 벽걸이 텔레비전이 아닌 넓적한 텔레비전에서 느껴지던 열기, 나는 자꾸 '나 때는'을 말하는 생명체가 되어 있고, 내가 이런 말을 할 때면 그들이 흥미롭게 쳐다본다. 이런 감정 속에서 많은 생명체가 지나간다. 나는 사라진 걸 그리워하는 마음으로 아이의 말을 곱씹는다.

도무지 왜 아이들이 이 책을 읽어야 하는지

알 수 없는 책을 설명할 때.

나는 나를 설득해야 한다.

책에서 말하는 모든 일이

사실은 너희에게는 태어나기도 전인

까마득한 옛날에 벌어졌다는 점.

나는 자꾸 '나 때는'을 말하는 생명체가 되어 있고,

내가 이런 말을 할 때면 그들이 흥미롭게 쳐다본다.

나는 사라진 걸 그리워하는 마음으로

아이의 말을 곱씹는다.

시간을 나눈 만큼 우리는 친밀해질까?

연희는 왼쪽 유리 가벽에 기대앉는 걸 좋아한다. 뒤에는 진서가 긴 머리로 얼굴을 반쯤 가린다. 옆에는 지후가 허리를 튕기듯이 웃고 있다. 그들은 꼭 맞게 끼운 스테인드글라스처럼 다른 빛을 뿜낸다. 자신의 각진 안경테와 맞춘 듯이 진희의 글씨는 반듯하다.

– 선생님, 누가 종이 던졌어요.

종이를 던진 아이는 침묵한다. 나는 종이를 펼쳐 안에 적힌 낙서를 확인한다. 글씨체만으로 범인을 검거할 수 있다. 아이들이 이름을 적지 않아도 나는 노트의 주인을 찾아준다. 그들은 신기해한다.

– 제 글씨도 알아보세요?

너도나도 공책을 들이민다.

우리는 매주 두 시간씩 만났다. 웃고 쓰고 묻고 시간을 나눴다. 직장 동료의 통계에 따르면 아이들이 살아온 전체 시간에서 15퍼센트 정도 관여한 것이라 한다. 나는 통계를 모르지만 진희가 여전히 맨 왼쪽에 앉을 줄 안다. 진서는 수업이 시작하기 전까지는 고개를 들지 않을 거다. 지후는 몸 전체로 웃고 있을 거다. 헤어짐에 익숙해진다는 말이 나에게거는 암시처럼 느껴진다.

그들의 웃음소리는 멀리서 들을수록 청량했다.

이제 어딘가에서 자리 잡고 있을
유리 조각 같은 아이들.

아이들과 헤어진 날에는 공원 흔들의자에 앉아 이팝나무만 들여다보았다. 아이들은 어떻게 헤어지는 걸까.

- 아휴, 그러다 보니 10년이 지났지 뭐야.

　직장 동료의 말을 떠올리면서 아이들의 첨삭 노트를 잘
포개두었다.

아이들의 연대기

고대의 철학자들은 영혼을 신적인 존재, 즉 마음이라 여겼다. 몸과 마음은 완전히 다른 존재이며 영혼은 변하지 않고 사라지지 않는 것이다. 영혼이 사라지지 않는다면 우리는 고대의 마음에 둘러싸인 채 살고 있다는 말도 된다.

강의실에 영혼이 모여 수군거린다. '구석기 시대에도 사람을 먹었어요?' 육체를 떠나 돌아다니는 마음을 떠올린다. 서로의 아이를 바꿔서 삶아 먹은 대기근의 이야기를 삼킨다. 꽃을 씹다가 줄기를 쥐고 아사한 사람들, 이 장면에서 우리는 꽃을 봐야 할까. 아니면 쥐고 있다는 행동을 봐야 할까.

몸과 마음은 한 가지 존재의 두 얼굴이라고 스피노자가 말했다면 한 아이는 세계가 하나의 몸에 수많은 얼굴들이 솟아난 풍경이라 말했다. 우리는 누군가 만들어낸 특별한 일부가 되고 존재의 얼굴이 되고 연대기가 된다.

가만히 앉아 리코더 연주를 떠올린다. 새벽 댓바람부터 들릴 소리를 떠올린다. 그 풍경을 보고 있을 어른들의 뒷모습이 서성거리고 있다.

숙제를 빼먹으면 우리는 장기자랑을 했다. 저학년의 경우 매일 노래를 부르고 춤을 추는 게 일상이라 차라리 무대를 만들어주겠다는 생각이었다. 시간이 길어도 짧아도 곤란하기에 30초에서 1분 정도로 약속했다. 아이가 원치 않으면 시키지 않았지만, 형평성을 유지하기 위해 노력해야 했다. 민준은 조용하여 차분해 보였지만 걸핏하면 덜렁댔다. 그가 결국 장기자랑에 당첨됐을 때도 그럴 수 있다고 느꼈다.

아이들은 "쌤, 신기하죠?" 하며 곧잘 마술을 보여주었다. 손가락을 뒤로 확 젖히거나 손을 쓰지 않고 귀를 움직이기도 했다. 엉덩이로 이름 쓰기를 좋아했지만 그건 피해달라고 요청했다. 아이들이 우스꽝스럽지 않게, 서로의 장기를 보고 즐겁길 원했다. 그게 나의 기준이었다. 그날의 전화를 받기 전까지는 무슨 일이 벌어지는지 몰랐을 것이다.

민준의 어머니가 오전 일찍 전화해서 물었다.

– 선생님, 저 너무 궁금해서 그러는데요. 민준이가
새벽부터 일어나 한 시간째 리코더만 불고 있는데
이유를 모르겠어요.

잠시 후, 그의 마음을 이해할 수 있었다. 아이는 1분가량
의 장기자랑을 위해 온 힘을 발휘하여 새벽부터 리코더를
연습했으며 아무리 어른들이 물어봐도 무뚝뚝하게 "중요한
일이야"라고 대답했다고 한다.

상황을 이해하고 민준이가 오기를 기다렸다. 모르는 척
그의 연주를 들었다. 그가 리코더를 꺼내 조립하는 순간부
터 마지막 숨을 훅 내뱉을 때까지. 아이들은 훌륭한 연주라
며 손뼉을 쳤다. 그렇게 장기자랑은 역사 속으로 사라졌다.

진희는 『지킬박사와 하이드』의 양면성을 따와 자신의
목표가 어떤 두 얼굴을 갖는지 발표했다. 그는 수학경시 대
회에서 점수가 떨어지자 자존감이 떨어져 괴로웠다고 한다.
자신이 목표하는 바만 추구하다 보니 자존감이 낮아졌고 이
로 인해 엄마와 오랜 대화로 다시 목표를 설정했다고 밝혔
다. 목표 지향적 삶에는 긍정적 부분과 부정적 부분이 공존
하지만, 자신은 외적 효과에 매달리는 것 같아 적정선을 지

켜야겠다고 결심했다고 말했다. 그가 덧붙였다.

　－ 저는 지금 아이의 순수함이 중요하다고 생각하거든요.
　　예를 들어 친구를 만난다거나 소소하게 할 수 있는
　　놀이 같은 거요. 저는 그걸 지키기 위해 적정선을
　　유지하기로 했어요.

　나는 그의 발표를 들으며 묘한 감정을 느꼈다.

　－ 스스로 순수함을 지키기 위해 무리하지 않는다는 거지?
　　어른의 관점에서 굉장히 신선하게 들린다.

　그는 나의 반응을 의아하게 여겼다. 자신이 가진 순수함
이 무엇인지 정확히 알고 그 시간을 소중하게 지키는 마음.
그가 내게 어떤 가르침을 주는지는 말할 것도 없다.
　아이들과 선생과 학부모의 자리에서 어떤 매듭이 오고
갔는지 생각한다. 그 바탕에는 어디까지나 사랑이 존재한다.
이 역사는 반복된다. 먼 과거에도 반복되었을 것이고 먼 미
래에도 반복될 것이다.
　최근에 본 1700년대의 선비 노상추* 일기가 생각난다.

그는 '요즘 것들은 예의가 없어'라는 제목으로 일기를 썼다. 요즘 것들은 '예의를 밥 말아 먹었나, 도무지 마음에 들지를 않는다'라는 표현이나 '그러고 보면 요즘 세상 꼴이 참 말이 아니다'라는 표현을 보면 세상이 아무리 바뀌어도 불변은 있는 모양이다. 그런 요즘 것들이 성실하게 자라고 있는 시대에 나는 살고 있다. 기원전 고대 이집트에서도 '요즘 것들은 버릇이 없다'라는 이야기가 적혀 있었다고 하니 우리의 모습은 아무리 달라져도 같은 얼굴인 것이 분명하겠다.

아이들을 가르치는 일이 늘 즐거울 순 없다. 사람과의 관계를 유지하는데 어떻게 쉽고 즐거울까. 하루는 처음 온 아이가 아무것도 적지 않고 턱을 괸 채 나를 빤히 쳐다봤다. 아이가 걱정되어 "왜 안 적고 있니?" 하고 물으니 오른손을 딱 펼치며 검지를 까딱거렸다. 손가락이 삐어서 못 쓴다는 걸 그렇게 표현한 것이다. 아이는 자기가 귀족이라도 되는 듯, 나의 시중을 기다렸다.

버릇없는 요즘 아이들을 생각하면 줄줄 읊을 수 있다. "나, 여기 끊을까요?" "저, 안 그랬는데요." 무수한 욕을 하고도 시침을 떼는 얕은수를 보면, 나는 그것이 어른들이 준 영향이라고 느낀다. 요즘 것들은 언제나 우리가 만들었다.

종종 방치된 느낌의 아이들도 만난다. 학구열이 높은 곳에 방치된 아이들의 모습은 우리가 흔히 알고 있는 얼굴과는 다른 양상을 보인다. 아이는 수많은 학원에 다니며 학습을 선행하지만, 부모와의 대화는 단절되었다. 부모 역시 아이가 어떤 옷을 입는지 어떤 행동을 반복하는지 전혀 모른다. 각자의 사정이 있을 것이다.

아이를 책임지는 어른의 역할에 대해서도 생각한다. 나는 아이의 삶에 관여할 수 없어도 아이가 왜 이렇게 행동했는지 이해하고자 애쓴다. 이해는 어렵고 오해는 쉽다. 침묵 속에서 수많은 평가가 오가고 있다.

선생님이 되고 싶다는 지희에게 물었다.

– 너처럼 발표를 어려워하는 학생을 만나면 어떻게 행동하고 싶어?

그는 작은 목소리를 쥐어짜 말했다.

– 이해해줄 거예요.

발표하다가 너무 떨려 울기 시작한 소진에게도 물었다.

- 소진아, 심리학자가 되고 싶다고 했잖아. 이런 순간이
  다른 아이에게 오면 어떤 말을 해주고 싶어?

소진은 곰곰 생각하다가 "겁이 난다고 생각하면 더 겁이 나. 나는 할 수 있다고 생각해. 그러면 괜찮아질 거야"라고 대답하고는 자신의 목소리에서 안정을 찾은 듯 눈물을 멈추고 당당하게 들어갔다. 우리에게 펼쳐진 감동적인 장면이었다.

성주는 웃으면서 말했다.

- 저는 에라 모르겠다, 하고 해요!
- 인간이 가장 큰 공포를 느낀다는 발표. 제가
  해보겠습니다!

똑똑한 아이들, 사고를 치는 아이들, 이들을 만나다 보면 안다. 어떤 아이는 논리적으로 수긍이 되어야 나를 선생으로 인정하고, 어떤 아이는 자신과 친밀해져야 선생으로 인정하고, 어떤 아이는……. 그런 방법을 터득하면서 나는 인간에 대한 이해를 배웠다.

아이들은 사람을 미워하기도 잘했고 용서해주기도 잘했

다. 나도 가끔 아이들에게 사과하고 용서를 구해야 했다. 사과를 받아주는 순간이 언제나 고마웠다.

승진은 발표하기 전 유독 시끄럽게 떠들어댄다. 아이들이 준비를 잘해올수록 그랬다.

- 내가 제일 쓰레기야. 내가 제일 못했어. 선생님 안 하면
  안 돼요?

그는 버티고 버티다가 발표한다. 오래 고민한 아이가 할 수 있는 대답들이 나온다. 나는 말했다.

- 승진, 스스로 판단하지 마. 채점은 선생님이 하니까.

이 말은 나에게도 하는 말이다. 살아가면서 스스로 판단하지 않는 순간이 필요하다. 아이들과의 이야기를 다루면서 줄곧 고민한 것도 이와 같다. 가깝게 밀착되면 왜곡된 시선이 생긴다. 시인의 눈으로 본 아이들은 저마다의 단면들로 나를 놀라게 했다. 때로는 저 멀리서 한국의 아이들이 어떤 삶을 보내고 있는지, 말할 수 있길 바랐지만 나는 여기에 깊

게 서 있는 사람이었다. 결국 이 글은 나만 쓸 수 있으며 나만 기록할 수 있다고 믿었다. 그 힘이 나를 움직이게 했다. 판단은 이제 다른 이들의 몫이다.

아이들이 언제 책이 나오느냐고 물었다. 책 이름을 받아 적겠다는 듯이 갑자기 연필을 찾아 쥐기 시작했다. 책을 기다려주는 변치 않는 영혼이 있다는 것. 때로는 그것만으로도 충분하다.

아이를 책임지는 어른의 역할을 생각한다.

나는 아이의 삶에 관여할 수 없어도

아이가 왜 이렇게 행동했는지 이해하고자 애쓴다.

이해는 어렵고 오해는 쉽다.

침묵 속에서 수많은 평가가 오가고 있다.

부록

엔데믹

Endemic

아이들에게 묻다*

2021년 아이들과 나는 코로나19 시대에 질문하고 답했었다. 언택트가 가져올 미래와 장단점을 논하면서 최첨단 시대를 예상했다. 2021년 질문은 2022년에도 동일했다. 아이들이 겪은 1년간의 변화를 담았으며 모두 가명 처리하였다. 실명을 적어달라고 요청한 친구들에게는 미안함을 표한다.

- 저는 시간이 풍족해졌다고 생각해요. 친구들을 만나지
  못하는 건 아쉽지만 제 시간을 많이 보냈거든요.
  숙제도 충분히 할 수 있고요. 평소 같으면 학원 라이딩
  시간이 길어서 일찍 일어나야 하지만 수업 바로 전에,
  예를 들어 5분 전에 일어나도 괜찮고요.
  하지만 집에 오래 있으니 소음도 신경 쓰여요. 집안의
  소소한 일. 부모님의 대화도 자주 듣게 되고요. 아직은

더 고민해봐야겠어요.

- 2021년(12세, 남, 진희)

- 아무래도 줌 수업에서 집중하기 힘들어하는 애들이
  많아요. 특히 채팅창의 경우도 도배하는 애들이 있고.
  채팅창을 막아도 주석 작성에서 팀 활동을 제대로
  못하기도 하고. 링크를 보내기도 하고. 창을 막아두면
  답답하고 열어두면 학습 활동에 방해가 돼요. 근데
  재밌긴 하거든요.

- 2021년(12세, 남, 강우)

- 집에서 오히려 대화를 더 안 하게 되는 것 같아요.
  동생이랑 사이도 나빠졌고요. 가족들이 말이 더
  없어졌어요.

- 2021년(12세, 여, 영서)

★   2022년 2월 23일 집계 기준 확진환자 171,452명, 사망자는 99명이었다.

아이들과 인터뷰

///

> **2022년(13세 6학년 6명 대상)**
>
> 윤성, 최현, 서연, 희준, 예슬, 진희

Q   코로나19 이후의 삶과 지금의
삶은 달라졌나요?

선생님   오늘은 1년 전의 질문을 다시 해볼
거예요. 그때 없었던 학생들도 있을 수
있어. 그래도 우리는 동일한 시간을
보냈잖아. 코로나19 이후에 삶과 지금의
삶이 어떤 것 같아. 달라진 게 있어?

아니면 없어?

윤성   일단 전반적으로 살이 좀 쪘어요.

최현   온라인 수업 시간에 딴짓을 할 수 있다.

(아이들 일동) 너 딴짓하네?

최현   (정색하며) 너희도 솔직히 딴짓하잖아.

(아이들 일동) 침묵

선생님   그래. 다들 딴짓하는구나. 온라인
                수업의 경우 그럴 가능성이 크지.
                하지만 요즘엔 비대면 수업도 많이
                못하잖아. 현장 수업을 더 많이 하고,
                1년 전처럼 비대면 위주의 수업을
                진행하지 못하는 지금은 어때?

희준   더 게을러진 것 같아요.

진희   언택트라는 삶이 우리를 풍요롭게
                했나가 질문이었다면 지금은 아닌 것
                같아요.

예슬	저희 아빠가 재택 근무하거든요. 그런데 재택 근무하고 저희가 온라인 수업하니까 가족끼리 싸움이 잦아졌어요. 다들 집에 꽉꽉 차 있으니까 대화할 시간이 늘어난 것 같지도 않아요.
서연	공부가 제대로 안 되기도 하고 친구들도 못 만나고.
선생님	맞아, 친구들은 이제 어떻게 만나?
희준	우리 동네 놀이터가 있는데 거기에서 한 번에 봐요.
선생님	서연은?
서연	저는 집에 많이 있거든요. 오빠랑 좀 많이 싸우고, 핸드폰도 더 많이 하게 되고.
희준	선생님, 제가 솔직히 처음 코로나 터지고 4학년 때는 진짜

폐인이었거든요. 온라인 수업도
그냥 다른 거 틀어놓고, 집에서도
은둔하듯이 초라하게 있었어요.

선생님 　　　정말?

희준 　　　진짜진짜 아무것도 안 했어요. 학교에서
줌 수업하고 학원에서 공부하는 거
빼고는 맨날 집에서 게임만 하고
아무것도 안 했어요.

선생님 　　　게임 실력은 늘었어?

희준 　　　아니요.

선생님 　　　작년에는 언택트라는 주제를 줄 수가
있었어. 하지만 지금은 언택트로 가는
것도 아니지. 코로나 감염자 수는 늘고
모임은 여전히 못하고, 그럼에도 우리는
대면으로 만나긴 해. 어떤 변화라고
생각해?

윤성 　　　저는 집에 있으면서 핸드폰이나 전자

기기를 너무 많이 해서 머리가 매우
아프고. 엄마한테도 많이 혼났어요.

예슬　　　　언니랑 둘이 오래 있으니까 사이가 안
　　　　　　좋아져요. 같이 있어도 모르는 척하게
　　　　　　돼요.

진희　　　　뻔한 대답이라 고민되네요. 온라인
　　　　　　수업이 많아졌다?

Q   코로나19 이후의 삶과 지금의
삶은 달라졌나요?

선생님   강훈아. 뭐가 달라졌어?

강훈   일단 첫 번째로요. 마스크를 끼니까
진짜 이게 익숙해졌어요. 익숙한데
그래도 운동 같은 걸 해야 하잖아요.

그러면 숨이 차고. 뛰면 땀이 차니까
마스크 안이 그냥 다 젖어요. 정말
찝찝하고. 옛날에는 진짜 상상도
못해봤던 일들이 일어나는 거예요.

정연   지금은 백신 패스를 해야 하잖아요.
옛날에는, 코로나 이전에는 예를 들어서
식당에 간다 하면 들어가서 자리에
앉으면 됐는데.

(아이들 듣지 않고 장난치며 논다.)

선생님   둘이 떨어져.

정연   방금처럼 서로 떨어지라고 하는 것도
바뀐 거잖아요. 식당에 들어가도 이제는
수기로 기록하고. 옛날에는 다닥다닥
붙어서 큰 소리로 얘기하고 그랬는데.

선생님   좋아진 건 없어?

재현   또 언택트만의 장점도 있어요.
언택트로만 하는 건 아니지만 옛날보다

화상회의도 늘고 뭔가 좀 편리해지는 부분들이 있어요.

선생님   민희야. 너는?

민희   달라진 거 있어요. 스키장 갈 때 엄청 불편해요. 제가 저번 주인가, 저저번 주에도 스키장을 갔다 왔는데 마스크 안쪽이랑 온도 차가 엄청 나서 수증기 때문에 엄청 고생했어요. 제가 수학 학원에 있는 시간이 엄청 긴데, 그거 마스크 끼고 있으면 너무 답답하고.

시훈   너무 애매해요. 이제 완전히 언택트거나 아니면 다른 시스템이 있어야 하는데, 약간 너무 중간이니까. 이게 코로나 이전의 삶이라고 부를 수도 없는 정말 애매한 상황이 몇 달째 이어지고 있죠.

선생님   맞아, 그런 것 같아. 준오는?

준오   원래는 모여서 노는 게 자연스러웠는데

지금은 이상하게 보이고. 엄마가 핸드폰 보고 있는 거를 혼내긴 혼내는데 요즘에는 좀 봐주는 것도 있고 약간 이런 변화가 있어요.

대형 줌 수업 같은 경우 마이크가 잘 안 되기도 하고, 비디오가 잘 안 켜지기도 하고. 그래도 간식을 먹을 수 있고 게임도 하고 유튜브도 하고 다 할 수 있어서. 줌 수업 우리 언제 해요?

재현 백신 패스가 있어야 식당에서 밥을 먹을 수 있으니까.

(아이들 일동) 우리는 제외잖아. 생일 지나면 맞을 수 있어.

재현 가족들이랑 먹으러 갈 때 어른들이 그러니까. 또 안경 쓰고 있으면 김이 올라와 아무것도 안 보이고 그래서 불편해졌어요.

선생님	그럴 것 같다.
강훈	저 이게 진짜 공감이 가는 게 예를 들어 친구랑 술래잡기를 한다 치면 숨을 헐떡거리는 게 마스크가 젖고 안경이 김이 서리잖아요. 나는 도망가는 게 급한데 앞이 하나도 안 보여. 그래서 알게 되는 거죠. 마스크 없이 숨을 쉬는 게 얼마나 좋은지 알아야 해요.
선생님	너희는 어디서 놀아? 놀이터?
민희	누구 집을 잡아서 한 번씩 가고.
시훈	(코로나) 예전에는 학교 가고 집에 오자마자 게임을 하고 마스크도 안 써서 편했는데. 3학년 말에 갑자기 코로나가 시작돼서. 겨울방학에 유학 가려던 계획을 포기했어요.
선생님	그런 애들 많았어.
(아이들 일동)	불쌍해.

시훈	다시 한 번 가려던 거라 괜찮아.
재현	저도 2020년에 미국에 있었거든요. 그때 한국에 무슨 우한폐렴이 온다고 하더라고요. 그때는 미국 상황이 괜찮아서 지켜보는데, 한국에 신천지 이야기가 나와서 한국이 더 위험해 보였어요. 그러다가 제가 일정보다 한 2주 빨리 들어왔는데, 제가 도착한 후 이틀 후부터 14일 격리 제도가 시작됐어요. 제가 사실 전날에 디즈니랜드를 가기로 했었는데······.
선생님	거기까지. 이제 퀴즈 정답 확인하자.
재현	스타워즈 있잖아요. 그걸······.

(모두 딴짓하고 있다.)

| 선생님 | 1년 뒤에는 다른 삶이 있겠지. |

거기 계세요?

///////////////////////////////////

아이는 안부를 물었다. 학생은 학원을 끊었지만 선생은 여전히 거기에 있었다. 나는 남아 있는 존재에 대해 생각했다. 예를 들어 당신의 냉장고에 있는 여분의 피클 같은 것. 피자를 시키고 받은, 유통기한이 지나버린 시큼한 오이를.

며칠 전, 직장 동료가 말했다.

  – '인간을 사회적 원자와 같다'라고 본다면 이 논문이
   도움이 될 거예요. 당신은 식초 통에 든 단 오이가 될 수
   없다는 거죠.*

단 오이라는 어감이 좋았다. 이곳이 식초 통이 아니라면 가능한 일이었다. 인간은 수분을 함유한 거대한 오이와 같다, 라는 말을 떠올리며 아이에게 대답했다.

– 그럼, 있지.

'있다'는 말은 이상한 감정을 불러일으킨다. 누군가를 기다리지 않았으면서 기다린 기분이 들게 한다. 나는 다시 오이에서 선생으로 돌아온다. 이것은 마치 역할극에 가깝다. 어떤 존재는 시인이 되었다가, 교육자가 되었다가, 다시.

산문집 원고를 넘기고서 바로 코로나19 양성 판정을 받았다. 그동안 걸리지 않은 게 의아할 정도로 많은 고비가 있었다. 후유증도 깊어 몇 날 며칠을 앓았고, 비실대는 소리를 내며 수업을 진행했다. 개별적인 경험이라 느꼈지만 그 시기에 아이들도 많이 걸려 우리는 일상적인 대화처럼 서로의 아픔을 공유할 수 있었다.

아픔이라는 건 개별적이지만 공유하는 순간 이해할 수 있는 사건이 된다. 나는 사회화의 경험을 잃은 아이들을 지켜본다. 그들은 꼬박 3년의 경험을 잃었다. 언제 드러날지 모르는 미래를 끌어안고 있는 셈이다. 학교를 가지 못한 공백이 언젠가 드러나겠지, 라고 생각한다. 그때는 MZ 세대처럼 어떤 이름이 붙을 것이다. 여전히 그들을 통해서 시대를 구경한다. 우리는 책상에 붙어 있는 가림막을 떼었지만 책상에는 여전히 가림막을 붙였던 테이프 자국이 뚜렷하다.

때때로 우리가 '질문하지 않는' 시대를 살고 있다고 느낀다. 마치 자신이 질문하는 것처럼 착각하도록, 모든 궁금증을 각종 매체가 묻고 해결해준다는 의견에 동의한다. 아이들의 질문이 줄어들 때면 한편으로는 걱정이 된다. 언제든지 대답해줄 수 있는 혹은 네 말을 들어줄 수 있는 어른이 있다는 믿음을 주고 싶다.

하지만 아이들이 "쌤, 있잖아요"라고 부른다면 백이면 백 수업과는 관련 없는 내용이다. 아이들은 수많은 '있잖아요'를 남발한다. 형우는 책상에서 살짝 발을 빼고 몸을 기울이며 "있잖아요", 태정은 "쌤~"을 길게 늘이면서 "있잖아요", 현우는 "쌤, 저도 있잖아요"라고 말한다. 그래서 나는 "있잖아요" 대신 "선생님, 질문 있어요"라거나 다른 표현을 써달라고 말했다. 그러자 한참이 지나서야 현우가 말했다.

　－ 쌤!
　－ 응?
　－ 존재하잖아요.
　－ 그래.

　그가 몇 번이나 존재하잖아요, 라는 말을 하고 나서야 알아챘다. 아이들이 웃어댔다.

　－ 우리는 다 알고 있었는데요.

　있잖아요, 를 존재하잖아요, 로 바꾸는 아이들. 마치 철학적인 질문처럼 들린다. 그는 여전히 있잖아요, 대신에 질문이 있으면 저 말을 건넨다. 이제 강의실에서는 아이들이 내게 "쌤, 질문요." "쌤, 있잖아요." "쌤, 없잖아요." "쌤, 존재하잖아요"라고 질문한다. 자연스러운 대화의 흐름이다.

　그들의 목소리를 지나 다시 삐뚤거리는 글씨를 떠올린다. 아이가 적은 문장을 떠올린다.

"아이들의 자살률이 높고 행복하지 않은 나라."

– 아이야? 청소년이야?

그는 미간을 잠시 찌푸렸다가 고개를 흔들며 대답했다.

– 그걸 고민했어요.

그의 고민은 공유할 만한 이야기다. 그러나 때로는 아이들은 나를 보며 놀란다. 최근 성미는 찰스 디킨스의 『올리버 트위스트』를 읽고 구빈원救貧院, workhouse이라는 단어를 검색했다. 구빈원과 고아원의 차이가 궁금했기 때문이었다. 그러다 내가 쓴 「구빈원」이라는 시를 인터넷에서 발견하고는 선생님이 왜? 하며 매우 놀랐다고 한다.

천사들은 이 더운 여름날 우리의 뒤편에 서서
무슨 생각을 하고
우리는 잊는다. 그들의 존재를.
무덥지. 무더울 때는 아무것도 기억하기 어렵지.

한 여름 천사를 그린다면
적어도 사람의 얼굴은 아니겠지.

냉면에 올라간
차갑고 아무것도 없는 오이를 건져낸다.

정말이지 아무것도 없어. 오이는.
우리의 이름과 같아.

우리의 이름을 몇 개 건져내면서,
죽어도 가끔은 시원한 게 먹고 싶을까.
죽는 것보다는 살아있는 게
어렵다고.

우리는 물만두를 힘겹게 헤치면서
여전히 잊는다. 다음의 죽음을.

천사는 겨울의 문턱에서 지켜본다.
우리가 그 계절까지 올 수 있는지
날개를 폈다 오므리며

                          - 김소형, 「구빈원」, 전문

그가 선생님이 시인이라는 사실에 놀랐다면, 나는 아이가 구빈원이라는 단어가 궁금해서 스스로 찾는다는 것에 놀란다. 처음 학생들을 가르칠 때는 내가 뭘 쓰는지 말하지 않았다. 이제는 딱히 숨길 필요도 느끼지 않는다. 나의 이야기를 꺼내는 게 늘 두려웠던 모양이다. 그러나 그들은 언제나 내게 말하고 요청한다.

　- 저는 선생님 이름 한자 뜻 다 외웠거든요. 근데 왜 제
　　한자는 안 외워주세요?

내가 가르치는 아이들이 몇인지 너는 알까. 그러나 아이의 요청에 따라 나는 그의 한자를 외웠다. 이룰 성成, 기쁠 희憘. 그는 해맑게 칠판에다가 현대 미술이라며 그림을 그린다. 그림은 추상적 표현으로 세로로 된 선을 그어놓고 끝, 직선을 아홉 개 그어놓고 끝, 미로를 그려놓고 끝이다. 그러나 그의 설명이 일품이다.

이것은 그가 일필휘지로 쓴 것이다. 아이들은 배운 것을 잘도 표현한다. 3분도 안 되어 그린 것을 무려 3년에 걸쳐 만든 작가의 걸작이라고 표현한다. 그렇지만 이게 보기 좋아서

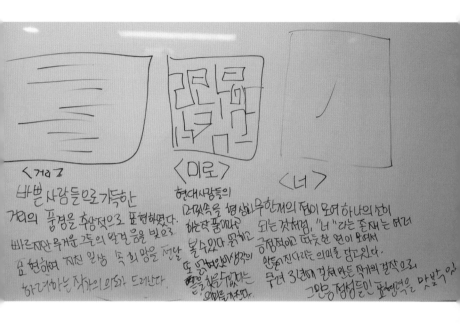

〈거리〉
바쁜 사람들으로 가득한
거리의 풍경을 추상적으로 표현하였다.
빠르지만 무거운 고독의 알갱이들을 빚으로
요 현하여 지친 일상 속 희망을 얻달
하려하는 작가의 의도가 드러난다.

〈미로〉
현대사람들의
고뇌속을 형상화 무한개의 점이 모여 하나의 선이
하는작품이라 되는 것처럼, "너"라는 존재는 여러
볼수있다 문제고 긍정적이 따뜻한 면이 모여서
또 뫼면보아 생각의 완성된다라는 의미를 담고있다.
혜을 헐수없다는 무려 3년에 걸쳐 만든 작가의 걸작으로,
의미를가진다. 그의을정성들인 표현력을 맛볼수 있

〈너〉

허락을 받고 사진을 찍었다. 그들이 뒤에서 떠든다.

- 이거 초상권 아니야?
- 저작권이지, 멍충아.

그들은 내 책 제목도 추천했다.

1. 학원 표류기
2. 학원 정복기

읽어보지도 않고 내용을 아는 걸 보니 자신들과 나의 수업이 어떤지 직관적으로 알고 있나 보다. 그러나 나는 너희를 통해 배우고 있단다.

현준은 매일 새벽 4시에 기상한다. 농담 삼아 그에게 "미라클 모닝이라도 하니?"라고 물었다. 그는 수학경시대회 때문이라고 답했다. 그런데 그가 덧붙인 말이 인상 깊다.

– 제가 더 놀고 싶어서 일찍 일어나는 거예요.

그는 자신이 할 것을 하고 놀 수 있는 시간마저도 생각한다. 그는 공부도 중요하고 놀이도 중요하다. 그가 이 말을 끝내자 그날 우리 반 아이들의 분위기는 숙연해졌다.

영특한 이들도 아이인지라 어리석은 짓들을 저지른다.

쉬는 시간에 벌어지는 일은 대부분 사소한 장난에서 시작된다. 어느새 누군가는 거칠게 반응하고 선생이 왔을 때는 저마다의 분노로 가득 찬 상태다. 이제는 익숙해져서 너희가 CCTV를 보고 싶다면, 부모님께 연락하고 싶다면 해주겠다고 말한다. 사실 진심은 아니다. 그렇지만 필요한 조치를 해주겠다는 뜻이기도 하다. 일터에서는 별 거 아닌 일은 없다. 나의 기준은 때로는 중요하지 않다. 그것이 이해관계로 얽힌 어른의 일이다.

자리를 잠시 비우고 돌아오자 그들은 서로 화해를 했다. 사과를 시킨 것도 아닌데 그들이 스스로 '미안하다'고 말하고 자신의 잘못을 인정했다고 한다. 이건 예상치 못한 일이다. 기대하지 않은 일이다. 둘이 서로 어색하게 웃고 있을 때 준서가 말했다.

  – 진짜 도덕책에서나 나올 법한 사과였어요. 완전
    재미없었어요.

아이들은 아까와는 달리 큰 흥미를 잃었다. 역시 남의 싸움 구경이 재밌는가. 이건 나이를 떠나지 않는 욕망인가.

아이들은 차분하게 교재를 펼치며 말했다.

– 지루했어요.

이제 내가 할 일은 칭찬을 하는 일이다. 나는 그들에게 어른도 하기 어려운 걸 너희가 했다, 고 말한다. 대부분의 어른들도 자신의 잘못을 인정하지 못한다고, 모르는 건 아니지만 하지 못하는 거라고. 그러자 뒤에 앉아 있던 성훈은 말한다.

– 저희 엄마는 저한테 한 번도 미안하다고 한 적 없어요.
– 미안한 걸 알아도 어른들은 표현하기가 어려울 때가
　있어. 그래서 너희가 너무 잘했어.

그런 말을 또 아이는 믿어준다. 어떻게 보면 이런 일상은 아무것도 아닐 것이다. 하루에도 몇 번이나, 수많은 강의실에서 벌어지는 자잘한 사건이다. 하지만 그것에 대해 판단하지 않으려고 노력한다. 언제나 내게 작은 일일지라도 거대한 파도가 될 수 있다는 게 일터에서의 결론이다.

글은 글이어야 한다. 어떤 것도 쓸 수 있어야 한다. 하지만 아이들이 내 글을 읽고 즐거웠으면 좋겠다. 아쉽지만 나의 선택이다.

최근 강의실에 있는 에어컨이 고장 난 적이 있다. 서연은 "쌤, 물 떨어져요"라고 말했고, 재훈은 자신의 책상에 물이 떨어지는 걸 가만히 보고만 있었다. 민형은 뒤늦게 뒤돌아 자신의 가방이 젖는지 확인하고는 소리 질렀고 재희는 "쌤, 제가 휴지 갖고 올게요" 하더니 그대로 뛰쳐나갔다. 아무리 불러도 뒤돌아보지 않고 그는 화장실로 달려갔다.

수업 끝나기 5분 전이었다. 재희에게 네가 안 해도 된다고, 선생님이 치울 것도 아니라고 하며 달랬으나 그는 재빠르게 에어컨에서 떨어지는 물을 닦아댔다. 그런 작은 뒤통수를 보며 그의 마음을 생각했다.

그것도 잠시, 재희는 칠판지우개를 쓱 들고 와 지우개 윗면에 에어컨 물을 적셔대며 잉크가 번져가는 걸 구경하고 있었고, 한 손으로는 바닥을 닦고 있었다. 혼날 거 뻔히 알면서도 장난은 치고 싶고, 선생님이 고생하지 않게 치워주고도 싶은 마음.

칭찬을 해줘야 하나, 혼을 내야 하나?
저 작은 영혼에게 어떤 말을 해줘야 할까?

달디 단 영혼들이 움직인다. 나는 서로가 성장할 수 있다는 믿음을 전달하며 여기서 지낸다. 아이들의 처음이 어른의 처음이 되는 세계. 그런 존재가 이곳에 모여 있다.

김소형

★ 필립 짐바르도 Philip George Zimbardo.

오늘 어린이가 내게 물었다

초판 1쇄 발행   2022년 11월 22일

지은이   김소형
펴낸이   윤동희
펴낸곳   북노마드

편집   김민채
디자인   신혜정
제작   교보피앤비

출판등록   2011년 12월 28일
등록번호   제406-2011-000152호
문의   booknomad@naver.com

○ 이 도서는 한국출판문화산업진흥원의 '2022년 중소출판사 출판콘텐츠
   창작 지원 사업'의 일환으로 국민체육진흥기금을 지원받아 제작되었습니다.

ISBN   979-11-86561-85-0 03810

www.booknomad.co.kr

북노마드